1. Auflage 2020
Deutsche Erstausgabe

Die englische Originalausgabe erscheint 2021
unter dem Titel »Picklewitch & Jack and the Sea Wizard's Secret«
bei Faber & Faber Limited
Bloomsbury House, 74–77 Great Russell Street, London, WC1B 3DA

Aus dem Englischen von Antje Görnig
Umschlagadaption: Achim Münster
Satz: PPP, Pre Print Partner GmbH & Co. KG, Köln, www.ppp.eu
Druck und Bindung: GGP Media GmbH, Pößneck
Printed in Germany · ISBN 978-3-505-14291-8

www.schneiderbuch.de
Facebook: facebook.de/schneiderbuch
Instagram: @schneiderbuchverlag

Klimaneutral
Druckprodukt
ClimatePartner.com/15109-2009-1001
Dieses Buch wurde klimaneutral auf FSC®-zertifiziertem Papier gedruckt.

CLAIRE BARKER

Paul und die Klettenhexe

Das Geheimnis der Meerhexe

Illustrationen von Teemu Juhani

Aus dem Englischen von Antje Görnig

Schneiderbuch

INHALT

1 Eine tolle Nachricht 7
2 Klarinde fährt in Urlaub 20
3 Alle anschnallen! 28
4 Ein Plätzchen im Grünen 38
5 Ein großer Tag 44
6 Schatzsuche 53
7 Magie liegt in der Luft 60
8 Gutes Benehmen zählt! 69
9 Planänderung 79
10 Bei Nacht und Nebel 86
11 Zum Zähneausbeißen 96
12 Fossilien und Fabelwesen 101
13 Das Geheimnis der Meerhexe 109
14 Hahnenschrei 118
15 Gemeine Petze! 130
16 Der Reisezauber 138

17 Ein neuer Kleiderständer 146
18 Nachwort 158

Die Küsten-Zeitung 166
Zauberspruch zur Herbeirufung der neunten Welle 167
Jahreszeitenwechsel-Zauber 168
Zauberspruch zur Verwandlung einer Möwe in ein Würstelchen 168
Praktische Tipps, wie dein Badeanzug kuschelig weich bleibt 169
Klarindes Mitbringsel von dem Ausflug 169
Klarindes Lieblings-Eisieis-Sorten 170
Meerhexen im Adressbuch der mürrischen Margret 171
Lustige Meer-Witze 172
Brief von Meister Brummbart 173

1
Eine tolle Nachricht

Es war Sommer, und in der Maria-Makellos-Schule für Hochbegabte standen die Fenster weit offen. Goldene Sonnenstrahlen fielen ins Klassenzimmer und glitzerten auf dem spiegelblank polierten Holzboden. Draußen blühten die Rosen, die Honigbienen summten, und die Rasenmäher zogen auf den Grünflächen lange Bahnen.

»Verflixt und zugenäht!« Die Klettenhexe stöhnte. Sie hatte die Beine auf dem Tisch und fächelte sich mit einer Krähenfeder Luft zu. »Mir ist so heiß! Ich fühle mich wie eine gekochte Rote Bete.«

Paul versuchte, sie nicht anzustarren, aber es stimmte: Klarindes Gesicht war ziemlich rot und glänzte. Er fand, sie hatte mehr Ähnlichkeit mit einer Tomate als mit einer Roten Bete, doch das sagte er ihr nicht. Stattdessen meinte er: »Vielleicht liegt es an deiner Kleidung.«

Die Klettenhexe schaute auf ihre Latzhose und ihre Stiefel hinunter. »Was ist damit?«

»Na ja«, entgegnete er, »du bist immer angezogen wie im Herbst.«

Klarinde dachte darüber nach. »Verstehe«, sagte sie. »Vielen Dank, Paul.«

Vielen Dank? Paul stutzte. Ging es ihr nicht gut? Oder folgte sie tatsächlich gerade zum allerersten Mal seinem Rat?

Klarinde holte ihr Zauberbuch aus ihrem alten Rucksack. »Was wir jetzt brauchen, ist ein blitzfixer Wechsel der Jahreszeiten!«, erklärte sie. »Ich habe irgendwo in meinem Grimoire eine fantastische Zauberformel.« Sie begann zu blättern. »Ein kühles Windchen würde helfen oder eine Gewitterwolke direkt über der Schule, die uns Schatten spendet. Vielleicht auch ein dichter Nebel. Dann würde ich mich viel wohler fühlen.«

Sie richtete sich ruckartig auf. »Ich hab's! Ich rufe den Sturmwolf! Er lässt den Teich zufrieren, und dann können wir alle Eislaufen gehen!«

»Nein«, sagte Paul und stützte seufzend den Kopf in die Hände. »So habe ich das nicht gemeint.«

»Wie denn sonst?«, brummelte Klarinde, ohne aufzusehen, und blätterte eifrig weiter.

»Ich habe gemeint, du könntest deinen Hut abnehmen, wenn dir so heiß ist. Oder deine Stiefel ausziehen«, sagte Paul genervt.

»Meine Stiefel ausziehen?« Klarinde sah ihn entsetzt an. »Wie kannst du so etwas sagen! Mir ist schon klar, dass Häuslinge merkwürdige Vorstellungen haben, Paul – aber wirklich! Was fällt dir ein! Als würde eine Hexe JEMALS ihre Stiefel ausziehen! Auf so eine Idee kann nur ein Stinkmorchel kommen, oder vielleicht ein Piesepampel oder ein Dummdussel ...«

»Ist ja schon gut, Klarinde, nicht so laut«, raunte Paul ihr zu und sah sich verstohlen in der Klasse um. »Du musst nicht immer Magie benutzen, weißt du? Du könntest einfach mal den Verstand einschalten. Du kennst die Regel: keine Zaubereien mehr in der Schule. Es darf doch niemand wissen, dass du eine echte Hexe bist. Ich versuche nur zu helfen.«

Klarinde zeigte mit dem Finger auf ihn. »Ja, aber das lässt du lieber bleiben! Häuslinge haben keine Ahnung von den richtigen Temperaturen für Hexen. Kümmer dich um deinen eigenen Kram!«

Mit einem empörten Schnauben verschränkte sie die Arme, und eine Feldmaus sprang aus der Brusttasche ihrer Latzhose. »Was für ein unhöflicher Bengel! Mir hat KEINER was zu sagen!«, schimpfte sie. »Ich TU, was mir gefällt, und mir GEFÄLLT, was ich tu!« Sie streckte die Zunge heraus und prustete ihm ins Gesicht.

Paul wischte sich die Spucke aus dem Auge. Die Klettenhexe – ein wildes kleines Mädchen, das in dem Walnussbaum am Rand des Gartens wohnte – tat nie, was man ihr sagte. Warum sollte es also diesmal anders sein? Ob sie mit den Elstern auf dem Dach tanzte oder ihn in ihre Zaubereien verwickelte – sie machte, was sie wollte, und brachte ihn damit immer wieder in Schwierigkeiten.

Doch obwohl sie ihm seinen Kuchen klaute, Haare wie ein Vogelnest hatte und nach Pilzen roch, mochte Paul sie sehr. Er konnte sich allerdings nicht erklären, warum er sie so mochte, wo er doch ein vernünftiger, gut erzogener Junge war. Aber es war ihm auch ein Rätsel, warum Klarinde ausgerechnet ihn als ihren besten Freund ausgewählt hatte – einen Jungen, der die Schulpausen zuvor allein verbracht hatte. Die Wahrheit war, dass Klarinde trotz all ihrer Fehler eine treue Freundin war und sehr witzig – und wahnsinnig beliebt noch dazu. Außerdem ließ sich nicht bestreiten, dass immer etwas Aufregendes passierte, wenn Klarinde in der Nähe war. Und wie viele Kinder konnten schon von sich behaupten, mit einer echten Hexe befreundet zu sein?

Wie aufs Stichwort öffnete Klarinde ihre schmutzige Faust und brachte eine Handvoll Marienkäfer zum Vorschein. Sie beugte sich über sie und flüsterte:

»Marienkäfer klein und groß,
steiget auf und sauset los,
flattert aus der Schule raus
und fliegt gleich geschwind nach Haus!«

Paul beobachtete, wie die kleinen Käfer ihre gepunkteten Flügelchen ausbreiteten, zum Fenster hinausschwirrten und sich auf den Weg zum Garten von Haus Krähenhorst machten. Sein Garten – besser gesagt Klarindes Garten – war ein verwuchertes Paradies, in dem es nur so summte und brummte vor Leben. Vögel zwitscherten in den Bäumen, Frösche planschten im Teich und schillernde Libellen schwebten über das hohe Gras. Das magische Reich, das von einer schützenden Mauer umgeben war, hatte seine eigene Atmosphäre, die so wechselhaft war wie der Wind. Dieser Garten war Klarindes Zuhause, und wenn Paul in ihre laubgrünen Augen sah, kam es ihm manchmal so vor, als würde er direkt in ihn hineinschauen.

Da war es wohl nicht verwunderlich, dass mit Klarinde vom ersten Tag an eine Wildheit durch die Flure der Maria-Makellos-Schule gehuscht war. Die Natur war ihr wie ein gehorsamer Hund in die Schule gefolgt. Und inzwischen störte sich niemand mehr an dem Efeu, der sich durch die Schlüssellöcher rankte, und den Schnecken, die sich durch die Bücher auf den Regalen fraßen.

Paul zählte gerade die Raupen an den Fenstervorhängen, als Professor Helle in die Klasse kam. Alle, die vorher über ihren Büchern gebrütet hatten, sahen augenblicklich auf.

»Guten Tag, liebe Schülerinnen und Schüler«, sagte der Professor und gab der Ringelblume in seinem Tintenfass etwas Wasser. »Du liebe Güte, ganz schön heiß hier, oder? Aber egal – ich habe *coole* Nachrichten, haha!«

»Ich hoffe, wir bekommen einen neuen Lehrer für Fremdsprachen«, sagte Nikos Theofanis leise und schob seine Brille hoch. »Unterricht in vierundzwanzig Sprachen ist nicht genug.«

Astrid Olsen, Junior-Astrophysikerin des Jahres, entgegnete: »Ich hoffe, es geht um neue Daten vom Hubble-Teleskop!«

Fenella seufzte sehnsüchtig. »Vielleicht gibt es ja auch neue Schriften von Shakespeare für die Bibliothek.«

»Wir wissen, worum es geht!«, riefen die telepathisch veranlagten Wilson-Zwillinge im Chor. Sie drückten konzentriert die Finger an ihre Schläfen. »Um einen … AUSFLUG!«

»Ausgezeichnet, liebe Zwillinge! Gut gemacht!« Der Professor strahlte. »Ihr werdet immer besser! Ihr liegt richtig: Wir machen einen Ausflug ans Meer!«

Die ganze Klasse freute sich – nur Klarinde nicht. Sie war viel zu beschäftigt damit, einen Ohrenkneifer zu kitzeln.

»Wir haben das große Glück«, rief Professor Helle über das begeisterte Raunen hinweg, »dass uns die weltberühmte Wissenschaftlerin, Autorin *und* ehemalige Schülerin unserer Schule Dr. Florenzia Scharfzahn in ihr Haus Drachenfels eingeladen hat! Es ist ihr Wohnsitz und zugleich ihr Studienzentrum auf einer Klippe an der Küste. Genauer gesagt an der Juraküste, die für bemerkenswerte Fossilienfunde bekannt ist, wie ihr sicher alle wisst.«

Paul sprang vor Aufregung fast von seinem Stuhl. Erstens war er ein großer Fossilienfan – er hatte sogar eine richtige Sammlung in seinem Zimmer. Zweitens war ihm die berühmte Florenzia Scharfzahn *natürlich* ein Begriff. Sie hatte sein Lieblingsbuch zu diesem Thema geschrieben. Sie war eine Abenteurerin und Wissenschaftlerin und hochintelligent – sie war seine Heldin! Das war die beste Nachricht aller Zeiten.

»Herr Professor!«, rief er und reckte die Hand in die Höhe. »Herr Professor, können wir sie persönlich kennenlernen? Kann sie mir mein Buch *Fantastische Fossilienwelt* signieren? Dürfen wir selbst nach Fossilien suchen und sie ihr zeigen?«

»Ja, ja, Paul.« Professor Helle schmunzelte. »Beruhige dich. Wir sehen uns die Felsen selbstverständlich genauer an, die den Schlüssel zu Millionen Jahren Geschichte bergen, und ihr werdet ausreichend Gelegenheit haben, selbst Schätze zu finden. Es wird sogar einen Wettbewerb geben mit einem Preis für den außergewöhnlichsten Fund.«

Bei dem Wort »Wettbewerb« horchten alle auf. Sie waren die Besten in ihrem jeweiligen Fachgebiet und liebten es, sich mit anderen zu messen.

»Dieses Jahr ist der Preis wirklich etwas Besonderes«, erklärte der Professor. »Der Sieger bekommt einen Profi-Pickhammer der Spitzenklasse – der obendrein von Frau Dr. Scharfzahn persönlich signiert wird!«

Paul war fassungslos. »Klarinde«, sagte er, »hast du das gehört?« Er konnte vor Begeisterung kaum an sich halten. »Ein Profi-Hammer signiert von Dr. Florenzia Scharfzahn! Das ist ein Traum! Ein Schulausflug, ein Wettbewerb und ein Preis! Findest du das nicht auch großartig?«

Klarinde gähnte und kratzte sich an der Nase. »Hm, ich weiß nicht, Paul. Wozu soll so ein Auspflug gut sein?«

»Kein *Auspflug*! Ein Ausflug mit der Schule!«, sagte Paul lachend. »Das ist wie ein Studienurlaub.« Als Klarinde nichts sagte, wurde ihm klar, dass sie nicht wusste, wovon er redete. »Klarinde, du *warst* doch schon mal im Urlaub, oder?«

»Ja, natürlich!« Klarinde schnaubte. »Was für eine dumme Frage!«

»Wo denn?«

»An Orten.«

»An welchen Orten?«

»Ach, an vielen Orten …« Sie seufzte und nahm ihre Beine vom Tisch. »Jedenfalls weiß ich nicht, was das bringen soll. Die Fögel fliegen jedes Jahr weg, und weißt du was? Sie kommen *jedes Mal* wieder zurück, als wären sie plemplem und könnten sich nicht entscheiden. Und ich bin sowieso viel zu beschäftigt, um Urlaub zu machen. Ich habe jede Menge Arbeit.«

»Ach, komm schon, Klarinde! Fossilien sind wahre Wunder der Natur!«, sagte Paul und sah sich ihr rotes Gesicht an. »Außerdem ist es an der Küste viel kühler als hier.«

»Nein, es geht einfach nicht!«, erwiderte sie. »Ich habe viel zu viel im Garten zu tun.« Sie spulte eine Liste von

Ausreden herunter und zählte die einzelnen Punkte an ihren Fingern ab. »Zum Beispiel haben die Rotkehlchen erst neulich eine Menge Dummdusseleien angestellt. Dann ist da noch Meister Brummbart, der dieser Tage aus dem Dachsgefängnis kommt. Und was ist, wenn ich meinen Baum verlasse und er ganz traurig die Blätter hängen lässt? Und vor allen Dingen ist mein Garten der beste Platz der Welt, warum sollte ich ihn also verlassen? Das ergibt doch keinen Sinn. Da müsste ich ja Matsch im Kopf haben! Nein, es ist unmöglich.«

»Aber es wird bestimmt super!«, versuchte Paul sie zu überreden. »Warum nicht mal was Neues ausprobieren? Der Garten kommt bestimmt ein paar Tage allein zurecht.«

Die Klettenhexe plusterte sich auf wie eine Taube. »Ach ja? Das beweist mal wieder, dass du keine Ahnung hast.« Sie schnappte sich beleidigt ihren Rucksack, setzte ihn auf und kletterte auf das Fensterbrett. »Hexen haben viele Verpflichtigungen. Wenn du weit weg von deinen bestesten Freunden und den Spatzen und dem Kuchen von Frau

Mama im Dreck graben willst, dann bist du ein noch größerer Dummerjan, als ich dachte!«

»Hey! Wo willst du hin?«, rief Paul. »Die Schule ist doch noch gar nicht zu Ende!«

Klarinde sprang einfach aus dem Fenster und marschierte über den Schulhof davon, ohne sich noch einmal umzusehen. Eine Bande Eichhörnchen tollte ihr um die Beine.

2

Klarinde fährt in Urlaub

Am Abend vor dem Schulausflug packte Paul seinen Koffer. Es dauerte ziemlich lange, weil er immer wieder Sachen herausnahm und andere hineinlegte. Er hatte Angst, etwas Wichtiges zu vergessen. Als er zum neunten Mal umpackte, sprang Klarinde zum Fenster herein.

»KLARINDE!«, rief er erschrocken und fasste sich an die Brust. »Warum kommst du nicht durch die Haustür wie jeder andere?«

»Treppen und Türen und solcher Firlefanz sind für Häuslinge wie dich und nicht für Hexen«, sagte sie. »Hexen benutzen nur Bäume und Regenrohre, wie es sich gehört!«

Paul wusste, dass er sie nicht überzeugen konnte, und widmete sich wieder seinem Gepäck.

»Gut«, sagte er und drückte die Sachen in dem prall gefüllten Koffer zusammen. »Ich glaube, das Nötigste habe ich. Ich habe Socken, Ersatzsocken und Notfallsocken eingepackt, vierundzwanzig T-Shirts, neun lange Hosen, fünf Shorts, sechs Pullover, vier Schlafanzüge, einen Schirm, Gummistiefel, Sandalen, Sportschuhe, Flipflops, Wanderschuhe, einen Regenmantel, einen Sonnenhut, Sonnencreme, Romane und Sachbücher und ein Französischwörterbuch.« Er hielt nachdenklich inne und sah Klarinde unsicher an, die auf der Fensterbank saß und mit den Beinen baumelte. »Meinst du, das genügt? Wir sind immerhin zwei ganze Tage weg.«

»Ich meine, du solltest überhaupt nicht mitfahren«, sagte Klarinde, während sie mit der Spitze eines Federkiels in ihren Zähnen stocherte. »Ich habe leider schlechte Nachrichten für dich, Paul. Die Spatzen haben mir gezwitschert, dass es an der Küste wilde Tiere gibt. Große, garstigliche, gefährliche Biester mit einem Riesenappetit auf Schuljungen.« Sie zeigte auf seinen übervollen Koffer. »Und pingelige Umstandskrämer wie du schmecken ihnen am bestesten!«

»Ich weiß, was du vorhast, Klarinde, aber es funktioniert ganz und gar nicht«, sagte Paul und schloss seinen Koffer, was ihm nur mit einiger Mühe gelang. »Diesen Ausflug lasse ich mir bestimmt nicht entgehen, wilde Biester hin oder her!« Er zeigte auf die Fossilien, die ordentlich in einer Reihe auf seinem Regal standen. »Die sammle ich schon, seit ich klein war. Es wird Zeit, dass ich selbst ein außergewöhnliches Fossil finde – und daran wirst DU mich nicht hindern.«

Klarinde hüstelte und klimperte mit den Wimpern. »Aber du musst wissen, Paul, dass ich eine tödliche Kränklichkeit habe – *hust* – und es wahrscheinlich nicht mehr bis Freitag mache. Und ich habe vor Traurigkeit Knieschmerzen und obendrein Zug ins Auge bekommen.«

Paul zog den Reißverschluss seines Koffers zu. »Du bist fit wie ein Turnschuh, Klarinde. Ich fahre ans Meer und damit basta!«

Klarinde verzog das Gesicht, rutschte von der Fensterbank und ging zu dem Regal mit den Fossilien. Sie nahm eins in die Hand und leckte daran. »Das ist also ein Flossil?«

Paul lief zu ihr und riss es ihr aus der Hand. »Sei vorsichtig! Und es heißt nicht Flossil, sondern *Fossil* und ist Millionen Jahre alt. Das hier nennt sich Ammonit. Wunderschön, oder?«

»Für mich ist das bloß ein Stein«, sagte Klarinde. »Ich kann nichts Besonderes daran finden. Ich habe eine Menge ulkige Steine in meinem Garten. Einer sieht aus wie ein Ei, einer wie ein Schuh und einer hat die Form von einem Fuchsdingsbums. Ich schenke ihn dir, wenn du hierbleibst.«

»Nein danke«, sagte Paul und legte den Ammoniten wieder auf das Regal.

Klarinde ließ sich auf den Boden plumpsen und verschränkte Arme und Beine.

Dann entschränkte sie sie und verschränkte sie wieder. Sie schnaufte und schniefte, rutschte unruhig hin und her und trommelte mit den Fingern auf die Dielenbretter. »Dann willst du mich und den Garten und Frau Mama also wirklich allein lassen? Und wenn etwas Gefährliches passiert?«

»Du bist hier die einzige Gefahr, Klarinde.«

»Aber … Ich *will nicht*, dass du wegfährst!«, jammerte Klarinde und zog sich ihren Hut über die Ohren. »Mit wem soll ich dann reden? Mit wem soll ich dann spielen? Du kannst nicht weg!«

»Pech gehabt! Denn ich WERDE fahren.«

Klarinde stand auf und stampfte mit dem Fuß. Aus ihren Ohren kam Dampf. »FLEDERMAUSDRECK NOCH MAL!«, schrie sie, aber als sie Paul gerade so richtig zur Schnecke machen wollte, entdeckte sie mit ihren Elsteraugen einen Stapel glänzender Münzen auf dem Nachttisch.

Paul folgte ihrem Blick. »Oh, danke! Hätte ich fast vergessen«, sagte er und steckte sie sich in die Hosentasche. »Kleingeld für Eis.«

»Eis?« Klarinde leckte sich die Lippen und wackelte mit den Augenbrauen. »Richtiges Eisieis? Wie das von dem klingelnden Wagen? Kalt wie Schnee? Rosa und braun und gelb und weiß? Mit roter Soße und Schoko-Sticks und bunten Streuseln?«

»Ja, genau.«

»Aber Klarinde liebt Eisieis!«

»Ich dachte, du magst nur Kuchen«, sagte Paul.

Klarinde schmollte. »Von Eisieis hast du ja auch noch nie etwas gesagt.«

»Am Meer gibt es an jeder Ecke Eis, aber das weißt du natürlich«, sagte Paul, »weil du schon *so oft* im Urlaub warst.«

Klarindes Laune änderte sich schlagartig. »Paul, es wird dich freuen zu hören, dass ich es mir anders überlegt habe. Ich komme doch mit ans Meer. Ich muss schließlich auf dich aufpassen, wenn du nach deinen Flossillen suchst. Ohne meine Hilfe kannst du den Preis doch gar nicht gewinnen! Ich habe es dir schon mal gesagt, und ich sage es wieder: Du hast *so* ein Glück, dass ich deine Freundin bin.«

Sie kletterte wieder auf die Fensterbank und rief nach draußen: »Fögel – packt meinen Rucksack!« Dann sprang sie aus dem Fenster und verschwand in der dunklen Nacht. »JUHUUU!«, kreischte sie und landete mit einem Rums in einem Busch. »Klarinde fährt in Urlaub!«

3

Alle anschnallen!

Paul sah immer wieder nervös auf seine Uhr. Pünktlichkeit und Regeln waren ihm sehr wichtig, und es hatte klar und deutlich in dem Brief von der Schule gestanden: Der Bus sollte sie genau um Viertel vor neun vor dem Haus abholen. Präziser konnte man Treffpunkt und Abfahrt zu ihrer Klassenfahrt doch gar nicht angeben. Er würde also schon in fünf Minuten und siebzehn Sekunden eintreffen, und von Klarinde fehlte jede Spur. Paul nahm sein Tagebuch zur Hand und ging die Liste zum zwanzigsten Mal durch. Koffer packen – *erledigt*. Mama auf Wiedersehen sagen – *erledigt*. Regenmantel, Rucksack, Gummistiefel – *alles dabei*. Er schaute nach links und rechts, nach oben und nach hinten. *Wo war sie?*

Endlich ging die Gartentür auf und Klarinde kämpfte sich durch die Öffnung. Ihr Hut saß schief auf ihrem Kopf, und sie musste sich von den Efeuranken befreien, die sich um ihre Fußknöchel geschlungen hatten.

»Da bist du ja!«, rief Paul erleichtert. »Ich dachte schon, du kommst nicht!«

»Natürlich komme ich«, brummelte sie und verriegelte die Tür. »Aber dem Garten passt das ganz und gar nicht. Die Zaunwinden wollten mich festbinden, und die Spatzen sind weinerlich. Der Sturmwolf hat die ganze Nacht genieselt und geheult, und mein Baum lässt tatsächlich alle Blätter hängen. ›Ich bin doch nur zwei Tage weg‹, habe ich gesagt und allen strengsteste Anweisungen gegeben: Die Eier in den Nestern müssen umgedreht werden, die Fogeltränke muss mit frischem Wasser gefüllt werden, und keiner darf gegen die Eulen angehen, wie sehr sie es auch verdienen. Und hier, das hast du vergessen!« Klarinde gab ihm einen Beutel mit seiner Butterbrotdose.

Paul war verwirrt. Er war sicher, dass er die Dose schon eingepackt hatte. Doch bevor er genauer darüber nachdenken konnte, zeigte Klarinde die Straße hinauf und rief: »Guck! Da ist der Bus. Hopp, hopp, Paul! Wir haben nicht ewig Zeit!«

Der Kleinbus der Schule hielt am Straßenrand an. Aus den Fenstern schauten lauter fröhliche Gesichter. Angus MacAlister schwenkte seinen Schulschal, als wären sie auf dem Weg zu einem Fußballspiel. Nur Fenella war trübselig wie immer und drückte ihre Stoffeule an sich. Professor Helle saß am Steuer, und als die Bustür aufging, winkte er ihnen zu.

»Steigt ein, ihr zwei«, sagte er. »Wir haben eine lange Fahrt vor uns!«

Paul verstaute seinen schweren Koffer im Gepäckraum und suchte sich einen Platz. Klarinde stieg nach ihm ein, blieb aber unsicher im Gang stehen. Sie wusste nicht, was sie tun sollte.

Paul klopfte auf den Sitz neben sich. »Komm, Klarinde, setz dich zu mir!« Ihm war eingefallen, dass sie noch nie eine Reise *in* einem Bus gemacht hatte. Sie fuhr viel lieber auf dem Dach mit und ließ sich den Wind um die Ohren wehen. »Nimm den Platz am offenen Fenster, dann hast du frische Luft.«

Klarinde setzte sich widerstrebend, und nach einigem Hin und Her gelang es ihm, ihr den Sicherheitsgurt anzulegen.

Daraufhin ließ sie das Gurtschloss immer wieder auf- und zuschnappen, weil ihr das Klickgeräusch so gut gefiel. Einen Augenblick später fuhr der Bus auch schon los und sauste in Richtung Küste.

»Und was hast du dir zum Essen eingepackt, Klarinde?«, fragte Paul vergnügt.

Klarinde sah ihn verdutzt an. »Zum Essen eingepackt?«

Viktoria kicherte. Sie war eine Meisterin im Backen und die Einzige in der Schule, die Klarinde nicht leiden konnte. »Klarinde hat echt keinen Plan«, sagte sie zu den anderen. »Sie weiß nicht mal, dass man sich für einen Schulausflug etwas zu essen mitnehmen muss!«

Klarinde schenkte Viktoria ein böses Lächeln. »Pass du besser auf, dass du gut angeschnallt bist, und sei nicht so hochnäsig! Nicht dass dir etwas *passiert*!«

Viktoria wurde sofort misstrauisch und warf einen prüfenden Blick auf ihren Sicherheitsgurt. Eine dicke gelbe Pythonschlange wand sich um ihren Bauch! »IGITT-IGITT!«, schrie sie und drückte sich voller Angst gegen die Rückenlehne. »Hilfe! HILFE! EINE SCHLANGE!«

Professor Helle sah über seine Schulter. »Was ist denn jetzt los, Mädchen?«, blaffte er.

Viktoria schaute an sich hinunter. »Da … da ist … Da war gerade noch eine Schlange. Habt ihr sie nicht gesehen?« Die anderen schüttelten die Köpfe.

Sie zeigte mit zusammengebissenen Zähnen auf Klarinde. »HEXE!«, rief sie. »Das zahle ich dir heim! Sie hat mich mit einem Zauber belegt! Ich habe es schon immer gesagt, aber auf mich hört ja keiner! Sie hätte eigentlich gar nicht mitfahren dürfen. Ich werde es meinen Eltern sagen.«

»Rede keinen Unsinn, mein Kind«, sagte Professor Helle, ohne die Augen von der Straße abzuwenden. »Klarinde darf an diesem Schulausflug teilnehmen wie jeder andere. Und ich bin es allmählich leid, dir immer wieder zu erklären, dass es keine Hexen gibt. Das ist genauso abwegig wie der Gedanke, eine Schlange könne einfach so in einem Kleinbus auftauchen. Ist dir vielleicht nicht gut? Vielleicht bist DU ja diejenige, die besser zu Hause geblieben wäre.«

»Das hat gesessen«, sagte Paul lächelnd zu Klarinde. »Und mach dir keine Gedanken über das Essen. Du kannst etwas von mir haben.« Er packte seine Brotdose aus, um ihr die leckeren Sachen zu zeigen, die er dabeihatte, doch zu seiner Überraschung war die Dose leer.

»Wo ist es hin?«, fragte er. »Wo sind meine Käsebrote und die Muffins? Und wo ist das Obst?« Klarinde drehte sich weg und schaute aus dem Fenster.

Paul tippte ihr auf die Schulter. »Klarinde, *wo* ist mein Essen?«

»Sapperlottchen, wie unhöflich! Ich weiß nicht, was du meinst.« Sie rülpste. »Oh, Verzeitung!«

Nicht schon wieder! Klarinde klaute ihm ständig sein Essen. »Gib mir meinen Proviant zurück!«, zischte er ihr ins Ohr. »Und komm mir nicht auf die krumme Tour. Ich will weder deine Wurmbrote noch dein Froschlaich-Gelee. Ich will *mein* Essen!«

»Oh, guck mal!«, rief Klarinde und zeigte auf ein Verkehrsschild am Straßenrand. »Ich sehe da ein D wie ›Drache‹!«

Paul verdrehte die Augen. »Du willst nur vom Thema ablenken. Es gibt keine Drachen.«

»Hey, Leute!«, rief Nikos, »das ist doch eine super Idee von Klarinde. Lasst uns ›Ich sehe was, was du nicht siehst‹ spielen!«

Die anderen waren begeistert. Und weil sie alle hochbegabte Schüler waren, dauerte das Spiel eine halbe Ewigkeit, denn die Hinweise wurden nur auf Latein oder in Form von Zahlencodes gegeben.

Klarinde hatte keine Ahnung, was »Ich sehe was, was du nicht siehst« war. Während die anderen beschäftigt waren, nutzte sie die Gelegenheit, um sich sämtliche Proviantdosen vorzunehmen und alles wegzufuttern. Am Ziel der Reise angekommen war sie pappsatt, hatte ein schönes Nickerchen gehalten und die Entscheidung getroffen, öfter in Urlaub zu fahren.

Der Rest der Klasse war jedoch hungrig und müde, als der Minibus in die Einfahrt von Haus Drachenfels fuhr. Es wurde schon dunkel, und das hohe graue viktorianische Gebäude ragte unheilvoll vor ihnen auf. Als Paul seinen

Koffer aus dem Gepäckraum nahm, fielen ihm die gruseligen Wasserspeier auf, die mit aufgerissenen Mäulern von den Dachrinnen herabschauten. Haus Drachenfels war längst nicht so einladend, wie er gedacht hatte.

4

Ein Plätzchen im Grünen

Nach dem Abendessen gingen alle zum Auspacken in die Schlafräume. Zuerst gab es natürlich Streit um die oberen Plätze in den Etagenbetten. Paul besetzte rasch ein Bett am Fenster, damit Klarinde eine schöne Aussicht auf den Garten hatte. Er legte sich auf das untere Bett, während Klarinde auf der quietschenden Matratze über ihm herumhüpfte. Dann schaute sie über die Kante und ließ ihren Kopf nach unten hängen wie eine Fledermaus. »Dieses Nest ist höchst sonderbarig, selbst für Häuslinge. Es gefällt mir nicht«, sagte sie.

»Das ist ein Etagenbett«, raunte Paul ihr zu. »Sei nicht so undankbar und *sprich leise*. Eigentlich dürftest du gar nicht im Jungenschlafraum sein.«

»Ein Etagenbett, hm? Sehr merkwürdig«, sagte Klarinde. »Aber es ist nicht die einzige Merkwürdigkeit. Hier ist alles eigenartig und falsch. Ich kann es spüren. Ich vermisse meinen Baum und die Fögel und den Wind. Ich will nach Hause.«

Paul lächelte. »Aber wir sind gerade erst angekommen, Klarinde. Keine Sorge, du hast nur ein bisschen Heimweh, das ist alles. Das kommt vor, wenn man wegfährt. Man muss sich an den fremden Ort gewöhnen, an die fremden Gerüche und Geräusche. Aber bald wird dir alles ganz normal vorkommen. Hast du schon ausgepackt?«

Klarinde angelte sich ihren Rucksack und schüttete ihn aus. Allerlei Krimskrams fiel heraus; leere Joghurtbecher und Bonbonpapier, ihr Zauberbuch, ein paar Walnüsse und ihr altes Fernglas. »Siehst du«, sagte sie, »die Fögel haben an alles gedacht.«

Auf einmal waren laute Schritte im Flur zu hören, und im nächsten Moment stand Viktoria in der Tür. »Ah, Klarinde. Da bist du!«

»Jetzt geht das wieder los.« Paul seufzte.

»Du weißt, dass du nicht hier bei Paul schlafen darfst, oder?«, sagte Viktoria und kam auf sie zu. »Du musst am Ende des Flurs bei den Mädchen schlafen. Das hier ist der Jungenschlafraum. Und DU ...« Sie musterte Klarinde abschätzig von Kopf bis Fuß. »Du magst zwar vieles sein, aber ein Junge bist du *nicht*.«

Klarinde sprang mit einem Salto vom Bett und baute sich vor ihr auf. »DU solltest ein bisselchen vorsichtiger sein«, sagte sie und kam Viktoria so nah, dass sich ihre Nasen fast berührten. »Weil du nämlich keine Ahnung hast, WAS ich bin!«

Viktorias Mund ging auf und zu wie der Klappdeckel eines Mülleimers. Allem Anschein nach wollte sie etwas sagen, überlegte es sich aber anders. Sie machte auf dem Absatz kehrt und marschierte davon.

»Was für ein hochnäsiges Mädchen! Mir hat keiner was zu sagen. Ich schlafe, wo ich will«, brummelte Klarinde und warf ihre Sachen wieder in den Rucksack. »Und deshalb werde ich auch nicht in diesem schrecklichen alten Haus schlafen wie ein blöder Häusling, Etagenbett hin oder her!«

Sie fühlte ihren Puls und fasste sich an die Stirn. Dann riss sie entsetzt die Augen auf. »Oh nein, ich wusste es! Ich habe mir ein schlimmes Heimweh eingefangen.«

»Aber wir müssen alle drinnen schlafen!«, protestierte Paul. »So sind die Regeln.«

Eine kleine Schar gelbäugiger Möwen hatte sich draußen auf der Fensterbank versammelt. Sie scharrten mit den Füßen und hämmerten mit den Schnäbeln gegen die Scheibe. Klarinde schaute über ihre Köpfe hinweg in den dunklen Garten. »Schon gut, ich komme! Ich suche mir einen besseren Schlafplatz.« Sie machte das Fenster auf und ergriff eine Efeuranke. »Ein Plätzchen im Grünen!«, rief sie und schwang sich hinunter auf den Rasen. Früher hätte sich Paul Sorgen um sie gemacht, aber das hatte sich geändert. *Klarinde ist frei und wild wie eine Amsel,* dachte er, als er sich seinen NASA-Schlafanzug überstreifte. Dann putzte er sich die Zähne (vierundneunzig Striche nach unten, vierundneunzig Striche nach oben). *Der Garten ist bestimmt groß und alt und voller Bäume. Sie wird sich einen gemütlichen bemoosten Ast zum Schlafen und eine kleine Fledermaus*

zum Kuscheln suchen. Und bis zum Frühstück hat sie sämtliche Vögel hier unter Kontrolle.

Paul packte seine Zahnbürste weg und machte seinen Waschbeutel zu. Als er gähnend in sein Bett geklettert war, streckte Professor Helle den Kopf zur Tür herein.

»Haben alle ausgepackt und ein Bett gefunden?«, fragte er und blickte in die Runde. »Sehr gut. Morgen ist ein aufregender Tag. Fossilien und Spaß in Hülle und Fülle! Da müsst ihr ausgeschlafen sein. Gute Nacht, Jungs. Licht aus!« Er drückte auf den Schalter und schon war es stockdunkel im Raum.

»Gute Nacht, Herr Professor!«, riefen die Jungen im Chor. Als seine Schritte im Flur verklungen waren, gingen ein Dutzend Taschenlampen an, denn alle wollten vor dem Einschlafen noch ein bisschen lesen.

Auch Paul schaltete seine Taschenlampe ein und zog das Buch *Fantastische Fossilienwelt* von Dr. Florenzia Scharfzahn unter seinem Kopfkissen hervor. Doch als er sich in das Kapitel über Ichthyosaurier vertiefen wollte, das er schon oft gelesen hatte, kam ihm Klarinde in den Sinn. Er hoffte, dass es ihr dort draußen in dem fremden Garten wirklich gut ging. Und hoffentlich hatte sie Spaß daran, am nächsten Tag mit ihm auf Fossiliensuche zu gehen. Hoffentlich fühlte sie sich nicht allein. Am meisten hoffte er jedoch, dass die frische Meeresluft sie so richtig müde machte.

5

Ein großer Tag

Klarinde kam am nächsten Morgen humpelnd in den Speisesaal und hielt sich den Po.

»Guten Morgen, Klarinde«, sagte Paul. »Hast du gut geschlafen?«

Klarinde murrte und knurrte vor sich hin.

»Oh je«, sagte Paul und bot ihr einen Stuhl an. »Möchtest du dich setzen?«

Klarinde sah den Stuhl bekümmert an und schüttelte den Kopf.

»Gibt es ein Problem?«, fragte Paul.

»Das Problem ist«, flüsterte Klarinde ihm zu und vergewisserte sich, dass niemand mithörte, »dass ich letzte Nacht einen Baumunfall hatte.«

»Einen Baumunfall?«, fragte Paul. »Was meinst du damit?«

»Die Möwen haben mit mir gewettet, dass ich es nicht schaffe, auf einer Schuppentanne zu schlafen.«

Paul dachte nach. »Die sind doch total piksig, oder? Die haben spitze, harte Dornen am Stamm und an den Ästen.«

Klarinde stopfte sich eifrig die Taschen mit Toast und Brötchen vom Frühstücksbuffet voll. Dann nahm sie einen Schöpflöffel Haferbrei und schüttete ihn in ihre Hosentasche. »Ja, das ist, als würde man in einem Sack voller Igel schlafen. Ich gebe dir einen guten Rat, Paul: Möwen kann man nicht vertrauen. Das sind ungezogene, mistige Frechdachse! Sie halten sich für witzig und lachen in einem fort.«

»Ups!«, sagte Paul und versuchte sich das Grinsen zu verkneifen, als er sah, wie mehrere Möwen auf dem Fensterbrett landeten und spöttisch zu lachen schienen.

Klarinde probierte auch die Marmelade und schlürfte sie direkt aus den kleinen Töpfchen. »Wehe dir, wenn du lachst!«

Paul blieb eine Antwort erspart, denn vorn im Saal erhob sich Professor Helle von seinem Platz.

»Guten Morgen, Kinder!«, rief er, rückte seinen Kragen zurecht und strich sich die Haare glatt. »Heute ist ein großer Tag! Ein Tag voller Entdeckungen und Abenteuer. Aber bevor es losgeht, habe ich das große Vergnügen, euch eure Gastgeberin vorzustellen, die Besitzerin dieses großartigen Hauses.« Er zeigte auf eine Tür zu seiner Linken, auf der »BIBLIOTHEK« stand. »Hier ist sie, die einzigartige Fossilienexpertin und Bestsellerautorin Dr. FLORENZIA SCHARFZAHN!«

In diesem Moment ging die Tür auf und alle brachen in stürmischen Beifall aus.

Eine große Frau mit einem schwarzen Samtumhang und einer Augenklappe kam in den Speisesaal gerauscht. Was für ein Auftritt! Paul klatschte begeistert, bis seine Hände kribbelten. Endlich konnte er seine Heldin persönlich kennenlernen! Sie sah noch beeindruckender aus, als er es sich vorgestellt hatte – wie eine wunderschöne, geniale Wissenschaftspiratin.

»Guten Morgen, liebe Kinder«, sagte sie und blickte in die strahlenden Gesichter im Raum. »Vielen Dank, geschätzter Professor Helle. Es entzückt mich ungemein, die Schüler der Maria-Makellos-Schule für Hochbegabte ein weiteres Mal im Haus Drachenfels begrüßen zu dürfen. Da ich früher selbst an dieser Schule war, ist mir bewusst, dass ich hier eine Gruppe ausgezeichneter Ausnahmeschüler vor mir habe. Und wer weiß? Vielleicht macht ja einer von euch einen tollen Fund!« Paul hielt sein Fossilienbuch so fest, dass seine kribbelnden Hände zu schmerzen begannen.

Dr. Scharfzahn zeigte auf den Schaukasten an der Wand hinter sich, in dem eine Menge Fossilien ausgestellt waren. »Dieses Haus«, erklärte sie, »ist seit mehr als hundert Jahren im Besitz meiner Familie. Wie ihr bestimmt wisst, entstamme ich einer langen Linie von Forschern, Geologen und Paläontologen ...«

»Pala-*was?*«, fragte Klarinde im Flüsterton. »Hat das was mit unnützem Palaver zu tun? Dafür habe ich nämlich keine Zeit.«

»Nein, natürlich nicht!«, zischte Paul. »Paläontologen sind Fossilienexperten. Und jetzt sei still!«

»Die Region ist eine wahre Fundgrube für Fossilien«, fuhr Dr. Scharfzahn fort. »Sie ist ein Weltkulturerbe-Gebiet. Die Felsen sind voller Informationen über die Vergangenheit unseres Planeten. Schicht für Schicht pure Geschichte! Hier wurden viele der frühesten Funde von Dinosaurierüberresten und anderen vorgeschichtlichen Lebewesen ausgegraben. Und Mary Anning, eine der größten Fossiliensammlerinnen aller Zeiten, hat hier ihre wichtigsten Entdeckungen gemacht. Was beweist, dass jeder von uns das Zeug zum Fossilienjäger hat. Sie half bereits mit zwölf Jahren bei der Freilegung eines Ichthyosauriers.«

Am Frühstückstisch wurde Gemurmel laut. Dr. Scharfzahn hob die Hand und bat um Ruhe. »Aber eins dürft ihr bei der Suche nicht vergessen«, sagte sie. »Wenn ihr etwas

Außergewöhnliches findet, irgendetwas Interessantes, müsst ihr es mir sofort bringen. Habt ihr das verstanden? Pfiffige Kinder können an unseren Stränden auf wahre Wunder stoßen – auf fantastische versteinerte Wesen, die Millionen von Jahren verborgen waren. Eure Funde müssen mit geschultem Auge geprüft werden.«

Ein aufgeregtes Raunen ging durch den Raum. »Und jetzt zu unserem Wettbewerb«, sagte Dr. Scharfzahn lächelnd. »Dieses Jahr gibt es einen Profi-Pickhammer zu gewinnen, das beste Werkzeug für die Fossiliensuche, das für Geld zu haben ist! Eine wertvolle Ergänzung für den Werkzeugkoffer eines jeden ernsthaften Sammlers.« Auf dem Tisch neben ihr stand eine Kiste aus Mahagoniholz. Sie öffnete die Verschlüsse und nahm einen blitzblanken Stahlhammer heraus. »Ein außergewöhnlicher Preis für einen außergewöhnlichen Fund!«

Paul war völlig aus dem Häuschen, und seine Fantasie ging mit ihm durch. Er sah alles ganz deutlich vor sich: wie er stolz den Hammer entgegennahm, wie Dr. Florenzia Scharfzahn vor Rührung die Tränen kamen, die Artikel

in den wissenschaftlichen Zeitschriften, das glänzende Messingschild im Museum für Naturgeschichte …

PAULOSAURUS
Dinosaurierskelett
Entdecker: Paul Dorian

Er wurde abrupt aus seinem wunderbaren Tagtraum gerissen, als Klarinde die Hand hob. »Entschuldigung!«

Oh nein. Paul erstarrte vor Schreck.

»Ja? Hast du eine Frage?« Dr. Florenzia Scharfzahn wandte sich dem Mädchen zu, das ganz hinten stand und sich den Po rieb, während Haferbrei aus seinem Hosenbein tropfte.

»Ich habe *mehrerere* Fragen! Erstens: Wo gibt's hier das Eisieis?«

Dr. Scharfzahn sah Klarinde verwirrt an. »Wie bitte?«

»Sie haben mich schon verstanden. Zweitens müssen Sie mir diesen Superhammer jetzt gleich geben.« Sie legte den Arm um Paul, der verlegen zurückwich und den Kopf einzog. »Ich will ihn nicht für mich, sondern für meinen besten Freund hier.«

»Ah, ich verstehe, ein Scherz!« Dr. Scharfzahn lachte. »Nun, ich kann dir den Preis nicht einfach so *geben* – du musst ihn gewinnen. Darum geht es ja, verstehst du? Es ist ein Wettbewerb. Alles andere wäre Flunkerei.«

»Natürlich«, sagte Klarinde, »das weiß ich. Darum geht es ja.«

»Klarinde, bitte hör auf!«, zischte Paul und verzog sich vor Scham unter den Tisch.

»Aufhören? Warum denn?«, fragte Klarinde und beugte sich zu ihm herunter. »Du weißt, wie wichtig Flunkern für Hexen ist. Du gewinnst gern, und ich flunkere gern – wir sind ein perfektes Team!«

»Kinder, Kinder!« Professor Helle klatschte in die Hände und wechselte das Thema. »Ich bin sicher, ihr wollt *alle* den Preis gewinnen. Aber zuerst wartet eine Menge Arbeit auf euch. Bitte holt eure Sachen. In fünf Minuten treffen wir uns vor dem Haus. Dann gehen wir hinunter zum Strand und stürzen uns in das spannende Abenteuer der Fossilienjagd!«

6

Schatzsuche

Es war ein herrlicher Tag. Die Sonne schien vom blauen Himmel. In der Ferne glitzerte das Meer, und die Luft flimmerte bereits vor Hitze. Der Strand war nur einen kurzen Fußweg vom Haus entfernt. Die Kinder sahen mit ihren neongelben Westen wie kleine Entchen aus, als sie in einer Reihe den Pfad durch die felsigen Klippen hinuntermarschierten. *Flip-flap-flop* machten ihre Gummistiefel, die ihnen bei jedem Schritt an die nackten Waden klatschten. Professor Helle führte die Gruppe mit einer Fahne an, auf der das Löwenwappen der Schule prangte. Die Kinder hatten alles dabei, was an Ausrüstung nötig war: Maßbänder, Bücher, Bürsten und Pinsel, Hämmer, Eimer und Klemmbretter. Paul hatte sicherheitshalber

noch andere wichtige Dinge eingepackt, zum Beispiel Gips für Abdrücke, einen Schutzhelm, eine Schutzbrille, ein Lineal, sein Tagebuch und einen Kompass. Weil er ziemlich schwer zu tragen hatte, sah er sich Hilfe suchend nach Klarinde um. Doch sie hatte sich verflüchtigt wie der Morgennebel, kaum dass der Professor »in einer Reihe aufstellen« gesagt hatte.

Typisch Klarinde! Wenn die Arbeit losgeht, verschwindet sie, dachte Paul, während er vorsichtig die Stufen zum Strand hinunterging. *Von wegen »perfektes Team«! Aber egal, sie würde mich sowieso nur von meiner ernsthaften wissenschaftlichen Arbeit ablenken. Bei der gründlichen Untersuchung von Tatsachen ist Magie fehl am Platz.*

Die Klettenhexe hatte keinen Sinn für Wissenschaft, was Paul immer wieder bedauerte. Er hatte ihr schon bei vielen Gelegenheiten erklärt, warum

sie falschlag, aber Klarinde hatte ihren eigenen Kopf. Und insgeheim musste Paul zugeben, dass es schwer war, mit einem Mädchen zu streiten, das sich in einen Tannenzapfen verwandeln konnte.

Professor Helle klatschte in die Hände. »Aufgepasst, Kinder! Hier ist eine Liste der Fossilien, die ihr in dieser Gegend finden könnt«, sagte er und verteilte Arbeitsblätter an alle. »Ammoniten, Brachiopoden, Koprolithen und so weiter. Wir dürfen auf großartige Funde hoffen! Ein kleiner Sicherheitshinweis vorab: Behaltet das Meer und die Gezeiten im Auge und hütet euch vor allem vor Steinschlag. Dazu kommt es hier öfter, deshalb haltet bitte unbedingt Abstand zu den Klippen! Ihr dürft ruhig

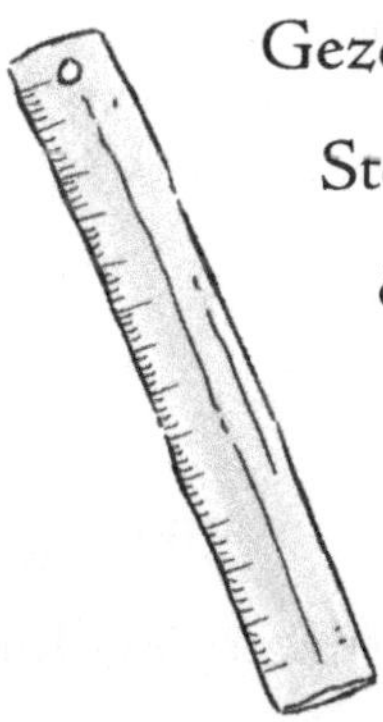

auf Erkundungstour gehen, aber verliert nie diese Fahne aus dem Blick, damit ihr euch nicht verlauft.« Er steckte den langen Fahnenmast in den Sand. »Wir haben zweihundertfünfzig Millionen Jahre Geschichte zu unseren Füßen, also lasst uns keine Zeit mehr vergeuden. *Die große Fossilienjagd startet jetzt!*« Nach einem schrillen Pfiff aus seiner Trillerpfeife verteilten sich die Kinder am ganzen Strand.

Paul wollte gerade mit der Suche beginnen, als ihm zwei Möwen auffielen, die auf einem Abfalleimer standen und sich kreischend um eine weggeworfene Eiswaffel zankten. Eine von ihnen hatte verdächtig grüne Augen. Sie drehte sich zu ihm um, zwinkerte ihm zu und flatterte davon.

War SIE das? Hat sie etwa Eis geklaut? Paul schüttelte den Kopf. »Konzentrier dich!«, sagte er zu sich. »Hör auf, an Klarinde zu denken, und richte deine Aufmerksamkeit auf deine Aufgabe! Den Hammer gewinnst du nicht von allein. Mach dich an die Arbeit!«

Er schaute den Strand hinunter. Zuerst einmal musste er die Konkurrenz einschätzen. Die Wilson-Zwillinge hämmerten bereits eifrig herum und schlugen abwechselnd auf einen Gesteinsbrocken ein. Klonk, KLONK, Klonk, KLONK. Astrid und Angus sperrten einen Teil des Strands mit einem rot-weiß gestreiften Flatterband ab, auf dem »BETRETEN VERBOTEN – WISSENSCHAFTLICHE FORSCHUNGSARBEITEN« stand. Fenella und Nikos maßen verschiedene Felsstücke ab und machten sich Notizen. Alle anderen hatten sich anscheinend schon in Zweiergruppen aufgeteilt – alle bis auf Viktoria, die unter einem Sonnenschirm saß, Kuchen futterte und eine Backzeitschrift las. Er würde lieber Würmer essen, als mit ihr ein Team zu bilden! Also zog Paul allein los und hoffte, etwas weiter weg ein Fleckchen zu finden, wo er in Ruhe seine Forschung betreiben konnte.

Als die Fahne nur noch als kleiner Punkt in der Ferne zu erkennen war, blieb Paul stehen. Er nahm seine Ausrüstung und Handbücher aus seinem Rucksack, legte alles in alphabetischer Reihenfolge aus und machte sich an die Arbeit.

Nach einigen ergebnislosen Stunden trug ihm der Wind etwas zu, das sich nach Gesang anhörte.

»SIE sieht SEEmuscheln an der SEEküste,
SEEmuscheln an der SEEküste sieht SIE.«

Paul stand auf und lauschte angestrengt. Was war das?

»Und wenn SIE SEEmuscheln an der SEEküste sieht,
dann sind es sehr sicherlich Muscheln aus der SEE.«

Da war es schon wieder! Wie merkwürdig. Paul holte sein Fernglas hervor und spähte in die Felsenlandschaft.

In einiger Entfernung sah er Gespritze und Geplansche, kreisende Möwen und einen verräterischen schwarzen spitzen Hut. Ihm wurde unwillkürlich leichter ums Herz, und er hielt quer über den Strand darauf zu.

7
Magie liegt in der Luft

Als Paul näher kam, sah er Klarinde in einem flachen Felstümpel sitzen. Sie planschte im Wasser und sang aus voller Kehle.

Er musterte sie erstaunt. »Was hast du da an?«

Klarinde hörte auf zu planschen und schaute an sich hinunter. Sie trug einen nicht gerade schmeichelhaften schwarz-weißen Strickbadeanzug, der ziemlich ausgeleiert war. Und Paul fiel auf, dass sie noch ihre Stiefel anhatte. »Du hast gesagt, ich soll mich dem Wetter entsprechend anziehen, und das habe ich gemacht.«

»Wo hast du diesen Badeanzug her?«, fragte Paul misstrauisch.

»Aus dem Geschichtsladen.«

»Geschichtsladen?« Paul überlegte, was sie wohl damit meinte. Dann dämmerte es ihm. *Oh nein!* »Meinst du etwa das Museum?«

Klarinde hielt sich grinsend ihr Fernglas vor die Augen und sah ihn an. »Vielleicht, vielleicht auch nicht.«

»Aber das, was im Museum ausgestellt ist, muss auch im Museum bleiben! Das ist ja der Sinn der Sache. Klarinde, ich hoffe, du hast den Badeanzug nicht gestohlen. Ich habe dir schon mehrmals erklärt, dass Stehlen unrecht ist.«

»Kann ich nicht sagen«, entgegnete Klarinde leichthin. »Jedenfalls habe ich da viele interessante Dinge erfahren. Zum Beispiel gibt es noch andere Hexen an diesem Strand.«

Paul schnaubte verächtlich. »Red keinen Unsinn!«

»Das ist wahr! Während du da unten gesucht und gebuddelt hast, hat mir die Dame im Geschichtsladen von einer Hexe namens Mary erzählt. Die hat magische Dinge am Strand gefunden und sie an dumme Häuslinge verkauft. Sie wurde als Kind vom Blitz getroffen. Und sie ist berühmt, wie es echte Hexen sein sollten.«

Paul verdrehte die Augen. »Du meinst Mary Anning, von der Dr. Scharfzahn beim Frühstück gesprochen hat. Aber sie war keine Hexe, Klarinde, sie war eine herausragende Fossilienexpertin. Und die ›magischen Dinge‹, das waren Ammoniten und sogar Dinosaurierüberreste!« Paul holte sein Buch aus der Tasche. »Ich kann dir alles über sie erzählen, wenn du willst.«

Klarinde fischte zwei Strandschnecken aus dem Felstümpel und klebte sie an ihre Ohrläppchen. »Nein danke. Ich muss mir wirklich nicht von einem Häuslingsjungen erklären lassen, wer eine Hexe ist und wer nicht.«

Paul war verärgert. »Aber was Mary Anning angeht, liegst du einfach falsch, Klarinde. Deine Einstellung ist wirklich nicht hilfreich. Sie war eine angesehene Wissenschaftlerin, und sie war garantiert und ganz sicher KEINE Hexe.«

Klarinde saugte Luft durch ihre Zahnlücke und machte lustige Pfeiflaute. Sie hörte ihm gar nicht zu.

»Auf jeden Fall bin ich heute mit meiner Forschung ein gutes Stück vorangekommen, Klarinde. Ich hoffe, das interessiert dich. Ich war nämlich sehr fleißig.«

»Tja, wie du sehen kannst, bist du nicht der Einzige, der fleißig war.« Klarinde zeigte auf ein großes Nest, das sie aus Treibholz, Muscheln und Flaschendeckeln gebaut hatte. Daneben hatte sie mit einem Stock KATZEN SIND MISTBÖCKE in den Sand geschrieben.

»Ich habe alle Fakten in meinem Tagebuch notiert – für später, wenn ich Direktor des Museums für Naturgeschichte bin«, fuhr Paul fort. »Weißt du, wenn du dich ein bisschen für Fossilien interessieren würdest, könntest du viel lernen und hättest vielleicht auch mehr Spaß an unserem Ausflug.«

»Ja?«, sagte Klarinde zweifelnd und heftete einen Seestern an ihren Badeanzug. »Was denn?«

»Sieh dir zum Beispiel diese Felsen an!« Paul zeigte auf die bröckelnden Klippen. »Sie bergen zweihundertfünfzig Millionen Jahre Geschichte. Die verschiedenen Schichten verraten uns eine Menge über Tiere und Pflanzen, die schon tot und von denen viele ausgestorben sind.«

Klarinde kicherte. »Wenn sie schon eine Weile tot sind, müssen sie ziemlich stinken, oder?« Dann überlegte sie einen Moment. »Hm, Meister Brummbart ist nicht tot, aber er stinkt wie ein dreckiger alter Fisch.«

Paul kniff die Augen zu, um sich zu konzentrieren, und trug ein paar Sätze aus der Einleitung von *Fantastische Fossilienwelt* vor: »Diese Klippen sind die Geburtsstätte einer ganz neuen Wissenschaft. Die faszinierenden Felsformationen liefern wertvolle Informationen über die

Vergangenheit und ähneln vom Aufbau her einer riesigen Schichttorte.«

»Torte?« Klarinde prustete vor Lachen. »Die Felsen sind wahrhaftiglich kein Kuchen! Sonst müssten all die Tiere und Vögel und ich nicht aus Abfalleimern essen. Ehrlich, Paul, du sagst manchmal die dümmstesten Sachen! Und wo wir gerade beim Thema sind: Es gibt hier sowieso einen ziemlichen Mangel an Kuchen. Mir fehlt der Kuchen von deiner Frau Mama. Ich bin schon richtig dünn geworden.« Sie rülpste, und ein kleiner Fisch hüpfte aus ihrem Mund.

Paul hatte die Nase voll. Es war ein Fehler gewesen, Klarinde zu dem Schulausflug zu überreden. Sie war störrisch wie ein Esel und verdarb ihm mit ihren verrückten Ideen den ganzen Spaß. Doch der wahre Grund für seine Verärgerung war etwas anderes: Er hatte ein bisschen zu dick aufgetragen und Klarinde nicht die Wahrheit gesagt. Eigentlich hatte er nämlich den ganzen Tag kein einziges interessantes Fossil gefunden. Wenn es so weiterging, würde er Dr. Florenzia Scharfzahn nie beeindrucken – geschweige denn den Profi-Pickhammer gewinnen.

Er grübelte über seine unglückliche Lage, als Klarinde sich plötzlich in ihrem Felstümpel aufrichtete. Der Seestern fiel mit einem Platsch ins Wasser. Sie hielt schnuppernd die Nase in den Wind. »Na so was! Ich werd nicht mehr! Da liegt Magie in der Luft! Und eine sehr seltene noch dazu.« Sie schaute wieder durch ihr Fernglas und richtete es auf eine Gestalt, die am Meer entlangging.

Die Gestalt spürte wohl, dass sie beobachtet wurde, denn sie drehte sich um, zückte ein Fernrohr und schaute zu ihnen herüber. »Unglaublich, was?«, rief Klarinde. »Schon am ersten Tag entdecke ich eine echte Meerhexe! Komm mit!« Sie schnappte sich ihren Rucksack und hüpfte in ihrem schlabberigen, tropfnassen Badeanzug über die Felsen zum Strand. An ihren Stiefeln hatten sich alle möglichen Schnecken festgesaugt.

»Eine Meerhexe?« *Oh nein! Oh je!* »Warte, Klarinde!«, rief Paul. Er ließ seine Sachen einfach liegen und rannte hinter ihr her. »Warte auf mich!«

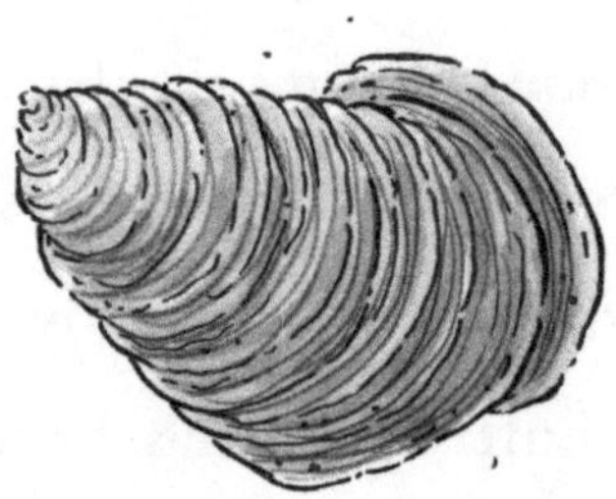

8

Gutes Benehmen zählt!

Die Gestalt eilte verdrossen davon, aber Klarinde blieb ihr auf den Fersen. So leicht ließ sie sich nicht abschütteln. »Hallo! Meerhexe!«, schrie sie, während sie mit der einen Hand ihren Hut festhielt und mit der anderen fröhlich winkte. Sie lief bis ans Wasser hinunter, und ihr Geschrei wurde immer lauter:

»Himmel und Land,
auf dem Fels eine Echse,
Gischt und Sand,
DU bist eine Hexe,
ich habe dich erkannt!
Drum lad mich zu dir ein,

wie es der Eid verlangt,
in dein so hübsches Heim.
Du kannst mir nicht entkommen,
das ist weit gefehlt,
deshalb sei besonnen,
denn gutes Benehmen zählt!«

Bei den letzten Worten blieb die Gestalt mit hängenden Schultern stehen und gab sich geschlagen.

Paul wappnete sich für das, was sie erwartete, und schloss zu Klarinde auf. Eigentlich hatte er jetzt keine Zeit, um sich mit unbekannten Hexenwesen einzulassen. Seiner Erfahrung nach bedeuteten sie nur Ärger. Hoffentlich war diese Person nicht so böse wie Klarindes Cousin Archibald.

Als sie näher kamen, stellte Paul erstaunt fest, dass es sich um eine ziemlich alte Frau handelte. Sie trug einen gelben Regenhut, der jedoch etwas spitzer war als üblich. Dieser saß auf einem weißen zauseligen, von Algen durchzogenen Haarschopf. Mit ihrem wettergegerbten runzligen Gesicht sah sie wie eine kleine griesgrämige Oma aus.

Trotz der Hitze trug sie dicke bunte Wollsachen und darüber wasserdichtes Ölzeug, das mit Seepocken übersät war. Ihre Gummistiefel waren voller Meerwasser, und kleine Fische sprangen heraus und hinein. Und an ihrem Hals baumelte der prachtvollste Ammonit, den Paul jemals gesehen hatte.

Klarinde und die Meerhexe umkreisten sich wie Katzen, bis die Ältere der beiden das Schweigen brach. »Sieh an, sieh an«, sagte sie. Ihre funkelnden Augen waren so blau wie das Meer. »Die Möwen haben mich vor Eindringlingen gewarnt.«

»Vor *Eindringlingen*? Sapperlottchen!«, schimpfte Klarinde mit blitzenden laubgrünen Augen. »Das ist nicht sehr höflich! Du müsstest wissen, dass du dich besser benehmen solltest, wenn dir eine andere Hexe einen netten Überraschungsbesuch abstattet. Denk an den Eid!«

Die Meerhexe stieß einen langen Seufzer aus. »Na schön«, brummelte sie, nahm ihren Hut ab und machte eine tiefe Verbeugung. »Sei gegrüßt, Baumhexe. Ich hoffe, es geht dir gut«, sagte sie und rang sich ein Lächeln ab. »Ich bin die mürrische Margret. Was für eine schöne Überraschung, dich hier an meinem Strand zu sehen. Ich würde mich sehr geehrt fühlen, wenn du bitte zum Tee in meine Meerhöhle kommen würdest. Dann essen wir ein Stück Kuchen und plaudern miteinander.«

Klarinde verbeugte sich ebenfalls. Dabei purzelte eine Schnecke aus ihrem Badeanzug in den Sand. »Vielen Dank, mürrische Margret, es ist mir eine Ehre, dich kennenzulernen«, entgegnete sie. »Wie nett und großzügig du bist! Ich bin Klarinde ... Und das hier ist Paul.« Sie versetzte ihm einen Tritt gegen den Knöchel. »Sag der netten Meerhexe guten Tag, Paul!«

Die mürrische Margret musterte Paul überrascht, als hätte sie ihn gerade erst bemerkt. »Ist das ein Schoßtier?«

»Natürlich bin ich kein Schoßtier!«, rief Paul empört.

Die Meerhexe schnupperte neugierig an ihm. »Hm, für ein Tier hat er sehr saubere Haare«, murmelte sie, ohne ihm zuzuhören.

»ICH BIN KEIN SCHOSSTIER!«, wiederholte Paul. »Sag es ihr, Klarinde.«

Klarinde drohte grinsend mit dem Finger. »Na, na, na, du mürrische Meerhexe, sei nicht so frech!« Sie tätschelte Paul den Kopf. »Er kann nichts dafür, dass er so sonderbarig ist. Der Arme hat sein ganzes Leben im Haus verbracht.«

»Wie wunderlich und traurig«, sagte die mürrische Margret. »Ich hoffe, er beißt nicht.« Sie zog eine Sanduhr aus der Tasche und schüttelte sie. »Die Gezeiten wechseln. Ich muss gehen. Kommt um Mitternacht wieder her, und zwar pünktlich.«

Klarinde zog lächelnd ihren Badeanzug hoch. »Sehr gern! Ich muss sagen, ich freue mich schon auf deinen tollen Kuchen. Ich bin wirklich froh, dass ich dich kennengelernt habe, mürrische Margret.«

»Ich freue mich auch«, brummelte die Meerhexe ohne große Begeisterung. Sie spuckte ein Stück Seetang in den Sand, das sie gekaut hatte. »Ich liebe Fremde!« Damit stapfte sie in ihren Gummistiefeln davon, bis sie nur noch ein kleiner Punkt war. Ein Schwarm Möwen folgte ihr.

»Großartiglich, Paul! Jetzt wird aus diesem Ausflug doch etwas Gutes«, sagte Klarinde, als sie in Richtung

Schulfahne gingen. Sie rieb sich die Hände. »Wir haben eine Einladung zum Tee, noch dazu von einer Meerhexe!«

»*Wir?* Oh nein, Klarinde!«, rief Paul. »Nie und nimmer! Ich habe keine Zeit für so etwas. Ich bin hergekommen, um Fossilien zu suchen, und will nicht mit einer komischen alten Frau plaudern. Um Mitternacht schon gar nicht! Ich darf nachts nicht einfach so raus.« Paul schüttelte den Kopf. »Nein, nein, das wäre viel zu gefährlich.«

Klarinde drehte sich bestürzt zu ihm um. »Aber Paul! Du musst mitkommen, sonst ist die mürrische Margret traurig! Hast du nicht gemerkt, wie sehr sie dich mag?«

»Eigentlich nicht.« Paul zog eine Augenbraue hoch. »Sie hat gefragt, ob ich dein *Schoßtier* bin.«

»Ach wirklich? Papperlapapp! Sei nicht so ein frutzeliger Nörgelfritze«, schimpfte Klarinde und trat wütend gegen ein Büschel Seetang. »Alle Hexen sind ein bisselchen unwirsch, das ist ganz natürlich. Sie möchten am liebsten in Ruhe gelassen werden.«

»Und warum *lassen* wir sie dann nicht in Ruhe?«, fragte Paul.

Klarinde verdrehte die Augen. »Ich dachte, das wäre offensichtlichst, selbst für einen Häusling wie dich. Ich sage nur: Da gibt es KUCHEN!«

Paul seufzte und schaute besorgt auf seine Uhr. Dann sah er, wie sich seine Schulkameraden weiter oben am Strand versammelten, und suchte hastig seine Ausrüstung zusammen.

»Ach, Paul, ich bitte dich«, quengelte Klarinde. »Sie hatte ein Flossil um den Hals und alles! Ich weiß, du hast es gesehen. Du wüsstest bestimmt gern, woher sie es hat, oder?« Sie zwinkerte ihm zu. »Wenn du Glück hast, siehst du dort womöglich noch etwas anderes ganz Besonderes.«

Paul schaute fort, aber Klarinde war hartnäckig wie eine Mücke und redete weiter auf ihn ein. »Aber am allerwichtigstesten ist es, dass du mitkommst, weil ich dann auch *dein* Stück Kuchen haben kann.«

»Nein, kommt überhaupt nicht infrage. Das kannst du vergessen!«

Klarinde stemmte die Hände in die Hüften und stampfte mit dem Fuß. »Fledermausdreck noch mal, du bist so selbstsüchtig wie eine Schnecke! Du hast mich auf diesen blöden Ausflug mitgenommen, und ich habe meinem schönen Heim und meinen wichtigen Aufgaben den Rücken zugekehrt. Aber du willst der armen Klarinde nicht helfen, obwohl ich dich nur um diesen einen winziglichen Gefallen bitte. Ich bin enttäuscht von dir, Paul, sehr enttäuscht! Du bist nicht der Freund, für den ich dich gehalten habe. Was bist du nur für ein frutzeliger Mistbock und Dummerjan!«

Paul ließ sich von ihrem Wutanfall nicht beeindrucken. »Tut mir leid, Klarinde, aber Regeln sind Regeln, und damit ist die Sache erledigt.«

»DU! JUNGE!« Eine zornige Stimme schallte über den Strand. Es war Professor Helle. Seine Kleider flatterten im Wind, und er musste seinen Hut festhalten, während er gefolgt von den anderen Kindern durch den Sand stapfte. »*Wo treibst du dich herum?*«, rief er. »Ich habe doch klar und deutlich gesagt, dass ihr euch nur innerhalb der Sichtweite unserer Fahne bewegen dürft! Wir suchen dich schon seit einer halben Stunde. Wir haben uns große Sorgen gemacht. Ich bin außerordentlich enttäuscht von dir, junger Mann.«

»Es … tut mir wirklich sehr leid, Herr Professor«, stammelte Paul. »Wir … wir haben irgendwie die Zeit aus den Augen verloren, und wissen Sie … also, Klarinde hat …«

Doch wo Klarinde eben noch gestanden hatte, waren nur noch ihre Stiefelabdrücke im Sand. Paul hörte einen lauten krächzenden Schrei und sah auf: Eine grünäugige Möwe schwebte über ihm in der Luft. Dann machte es *Patsch*, und wie aus Protest landete ein Häufchen mitten auf seinem Klemmbrett.

9

Planänderung

Beim Abendessen blieb Klarindes Platz leer und Paul aß allein. Das war wahrscheinlich auch gut so, denn er hatte eine Stinklaune. *Es ist nicht fair,* dachte er und stocherte in seinen Kartoffeln herum. Er gab sein Bestes – er bemühte sich, die Regeln einzuhalten, war sehr fleißig und sammelte Fakten, wie es die großen Forscher vor ihm getan hatten, um eine bahnbrechende Entdeckung zu machen –, und trotzdem kam er nicht weiter. Er war wieder in Schwierigkeiten und auf sich gestellt.

Warum? Warum konnte ihm Klarinde nicht ein einziges Mal behilflich sein? Und sich vernünftig verhalten! Einmal etwas richtig machen! Warum konnte sie den Ausflug nicht einfach genießen und wichtige wissenschaftliche Dinge lernen, statt abzuhauen und Unfug mit ihren merkwürdigen magischen Freunden zu treiben? Paul musste abermals an Archibald Kuckuck denken. Klarindes Cousin hatte Böses im Schilde geführt und eine Menge Unsinn angestellt. Es war fast, als hätten er und andere Hexen Spaß daran, die Regeln zu verletzen.

Paul nahm einen Löffel von seinem Vanillepudding, ließ ihn aber wieder in das Schüsselchen fallen. *Außerdem,* dachte er missmutig, *kackt man nicht auf Freunde, auch wenn man sich in eine Möwe verwandeln kann.*

Ping, ping, ping! Professor Helle erhob sich und schlug mit seinem Löffel gegen ein Glas. »Kinder, nach nur einem Tag an den Klippen habe ich etwas Großartiges bekannt zu geben! Anscheinend hat eine unserer Schülerinnen einen wichtigen Fund gemacht. Viktoria, bitte komm nach vorn und zeig ihn Dr. Scharfzahn.«

Viktoria? Paul erinnerte sich daran, wie sie auf einem Liegestuhl gesessen und eine Backzeitschrift gelesen hatte. Wie war es möglich, dass *sie* schon etwas gefunden hatte und er nicht? Das war nicht fair! Paul wurde schwer ums Herz, während alle anderen in Beifall ausbrachen. Der Tag wurde immer schrecklicher.

Viktoria schob ihren Stuhl ordentlich unter den Tisch, ging nach vorn und legte der Hausherrin vorsichtig ihr Fundstück in die Hand.

»Sieh mal einer an«, sagte Dr. Scharfzahn, nahm eine Lupe und betrachtete es mit ihrem gesunden Auge. »Ein Ammonit. Ein hübsches Exemplar aus der Jurazeit. Aus der Obtusum-Zone, würde ich sagen. Gut gemacht, Viktoria. Und das hast du ganz allein geschafft? Der Rest von euch muss sich anstrengen, um diesen Fund zu übertreffen. Den könnte man durchaus im Laden verkaufen.«

Viktoria kehrte mit einem ekelerregend süßen Lächeln an ihren Platz zurück.

Bei der Vorstellung, dass *dieses* Mädchen womöglich den signierten Profi-Hammer gewann, verging Paul endgültig der Appetit. Er war ratlos und dachte an die Begegnung mit der mürrischen Margret zurück. Wo hatte sie wohl den Ammoniten gefunden, der an ihrem Hals hing? *Der Strand*

ist praktisch ihr Zuhause, überlegte er. *Sie muss wissen, wo man am besten sucht. Es kann nicht schaden, sie danach zu fragen …*

Als hätte sie seine Gedanken gelesen, tauchte Klarinde plötzlich auf dem Stuhl neben ihm auf und machte sich gleich über seinen stehen gebliebenen Vanillepudding her. »Viktoria zieht mal wieder eine Schau ab, was?«, sagte sie. »Lügen kann sie wirklich gut, das ist sehr beeindruckend. Ich habe beobachtet, wie sie dieses Flossil in einem Geschäft an der Hauptstraße gekauft hat.«

Paul beobachtete, wie Viktoria zufrieden über ihren Ammoniten strich. Ihm zog sich der Magen zusammen. NEIN. NEIN. NEIN. Er würde nicht zulassen, dass Viktoria ihm den Ruhm stahl, schon gar nicht auf diese Art.

Klarinde sah Paul von der Seite an. »Und, Paul? Willst du deine Meinung vielleicht ändern, was unsere Einladung zum Tee betrifft?«

»Nun …« Paul biss sich auf die Unterlippe und wandte sich Klarinde zu. »Ich schätze, man bekommt nicht so oft die Gelegenheit, die Höhle einer Meerhexe zu besuchen, oder? Es könnte sehr lehrreich sein.«

»Ich WUSSTE es!« Klarinde grinste und schaufelte sich den letzten Rest Pudding in den Mund. »Du bist mein bestester Freund und einfach unübergleichlich, Paul! Wir sind das besteste Team aller Zeiten! Auf zum Mitternachtspicknick!«

»Pssst!«, machte Paul und sah sich verstohlen um. »Das darf keiner wissen! Kannst du mir hundertprozentig versprechen, dass diesmal nichts schiefläuft?«, fragte er im Flüsterton. »Mit deinem Cousin Archibald ist schließlich alles schiefgelaufen. Versprichst du mir, dass es bei Tee und Kuchen und Plaudern bleibt und wir danach schnurstracks ins Bett gehen? Ohne irgendwelche Dummheiten zu machen?«

Klarinde wischte sich freudestrahlend den Mund mit dem Ärmel ab. Dann faltete sie die Hände, setzte eine engelsgleiche Miene auf und sagte: »Natürlich. Großes Ehrenwort!«

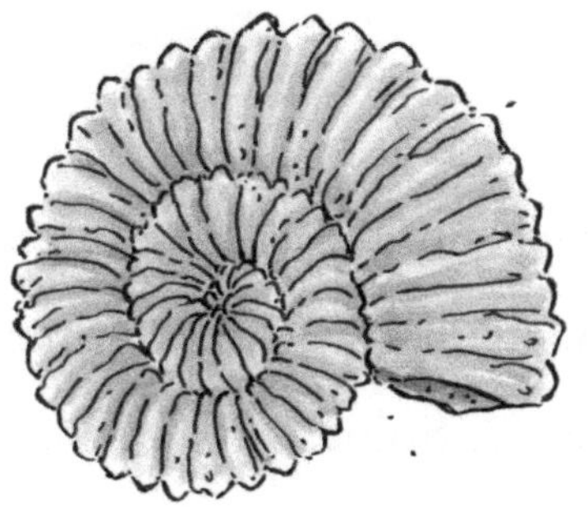

10

Bei Nacht und Nebel

Es war viel einfacher, nachts aus dem Haus zu schleichen, als Paul angenommen hatte. Er tappte auf leisen Sohlen die Treppe hinunter, an der Bibliothekstür vorbei, durch den Speisesaal und am Fenster des Büros vorüber. Seine lebhafte Fantasie hatte ihm mindestens ein Dutzend Möglichkeiten vor Augen geführt, erwischt zu werden: knarrende Treppenstufen, quietschende Bodenbretter, abgeschlossene Türen; ein Lehrer, der sich spätabends noch ein Glas Wasser holte … All das hätte ihn fast dazu gebracht, sich die Sache anders zu überlegen. Er hatte lange gegrübelt und sich eine verrückte, unglaubwürdige Schlafwandler-Geschichte und eine Entschuldigung ausgedacht. Doch alle schliefen tief und fest.

Klarinde wartete am Ende der Einfahrt auf Paul, und sie gingen gemeinsam den schmalen Pfad zum Strand hinunter. Der Mond hatte die bunten Farben des Tages vertrieben und tauchte alles in einen blassen silbrigen Schein. Diese Zeit, die besonders

günstig für die Zauberei war, nannte Klarinde »die dreizehnte Stunde der Farben«.

Paul war in Sorge gewesen, dass er im Dunkeln Angst haben könnte, und hatte sicherheitshalber seine Taschenlampe mitgenommen. Doch mit Klarinde an seiner Seite fürchtete er sich kein bisschen. Bis auf das Rauschen des Meeres war alles still, und es kam ihm vor, als gehörte ihnen der Strand ganz allein. Er beschloss, öfter bei Nacht auf Erkundungstour zu gehen, wenn er erst ein berühmter Abenteurer war.

»Hör mal, Klarinde«, sagte er, »warum ist die mürrische Margret eigentlich so alt? Du und dein Cousin Archibald, ihr seid noch Kinder. Warum ist es bei ihr anders?«

»Die meisten Hexen altern wie die Wälder«, erklärte Klarinde und ihr Blick schweifte in die Ferne. »Ganz langsam und leise. Aber die Meerhexen sind viel älter – so alt wie die Wellen. Man begegnet ihnen nur sehr selten.«

Paul blieb stehen. Er musste ihr noch eine Frage stellen, obwohl ihm klar war, dass er keine Antwort darauf bekommen würde. »Wie alt bist du eigentlich?«

»Du meine Güte, was bist du für ein neugieriger Junge!«, schimpfte Klarinde und legte einen Schritt zu. »Und was für unhöfliche Fragen du stellst! Los jetzt! Du musst schon etwas schneller gehen, wenn du mithalten willst.«

Sie nahm ihr Fernglas zur Hand und schaute auf das glitzernde Meer. »Ah, da ist es ja«, sagte sie. »Genau zur rechten Zeit. Komm!« Sie gingen zusammen ans Wasser. Eine Glasflasche schaukelte auf den Wellen und kam Stück für Stück näher. Klarinde watete in die Brandung und fischte sie mit ihrem Hut heraus.

»Ist das eine Flaschenpost?«, fragte Paul. Er war völlig aus dem Häuschen. »So eine wollte ich schon immer finden!«

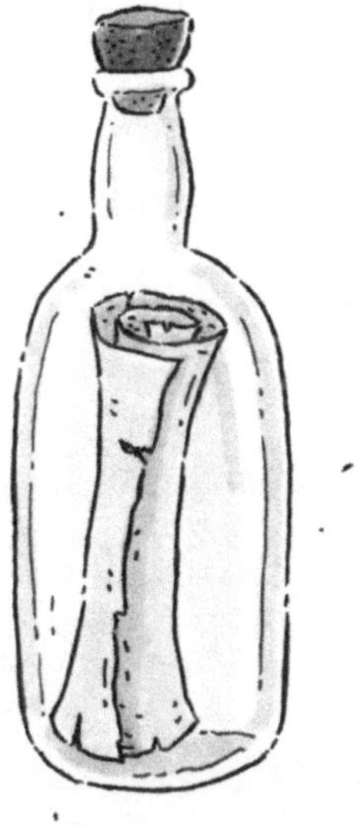

Plopp. Klarinde zog den Korken mit den Zähnen aus der Flasche und holte einen zusammengerollten Zettel heraus. Sie strich ihn glatt, und während sie ihn mit der Nase auf dem Papier überflog, brummelte sie leise vor sich hin.

»Was steht da?«, fragte Paul und sah ihr über die Schulter. »Ist es eine Karte? Oder ein Brief?«

Klarinde gab ihm den Zettel und schaute zum Mond. Dann marschierte sie los und lief auf der Suche nach Hinweisen wie ein Spürhund kreuz und quer über den Strand.

Paul sah sich die Nachricht an.

Strömung von Nord nach Nordwest
Stets dem Sonnenlauf entgegen
Pantoffelschnecken rechtsum
Verschlungene geheime Wege
Meerfenchel steuerbord
Austernbohrer auf Süd
Heller Makrelenmond
Seestern auf Nord
Schlangenstein
Bodenklappe
STOPP
DREIMAL LAUT KLOPFEN
KLINGEL IST KAPUTT

Mürrische Margret

»Was soll das bedeuten?«, rief Paul.

»Das ist natürlich ein Schatzdreieck! So schlau bist du anscheinend doch nicht. Hast du etwa gedacht, sie macht es uns leicht?«, rief Klarinde zurück, während sie weiter den Strand absuchte. »Dieses Schatzdreieck zeigt uns den Weg zur Höhle der Meerhexe. Mach schon! Wir dürfen nicht zu spät kommen.«

Paul steckte sich den Zettel in die Tasche und lief hinter Klarinde her. Wie schaffte sie es, so schnell solche sonderbaren Hinweise zu enträtseln, wenn sie nicht einmal wusste, was ein Fossil war? Manchmal kam sie ihm strohdumm vor, und dann war sie wieder so schlau wie ein Fuchs mit Taschenrechner.

Schon bald ging der Sand unter ihren Füßen in Schiefergeröll über und dann in glattes, silberglänzendes Felsgestein. »Ich weiß, wo wir sind!«, rief Paul und betrachtete staunend die Muster auf dem Boden. »Ich habe in meinem Fossilienbuch darüber gelesen. Das hier ist das sogenannte Ammonitenpflaster. Es ist Millionen Jahre alt und nur bei Ebbe zu sehen.« Vor ihnen erstreckte sich eine große Fläche, die mit fossilen Ammoniten übersät war. Manche waren klein, manche groß, einige deutlich ausgeprägt, andere nur schwach zu erkennen.

Klarinde lief zwischen den Versteinerungen auf und ab. Hier und da blieb sie stehen und hielt die Nase in den Wind, während sie die Anweisungen vor sich hinmurmelte: »Meerfenchel steuerbord ... Austernbohrer auf Süd ... Makrelenmond ... Seestern auf Nord ... Schlangenstein ...« Plötzlich blieb sie stehen und zeigte auf den Boden. »Klappe. Aha. Wir sind da.«

Direkt vor ihr, eingebettet in das Felsgestein, befand sich ein gewaltiger Ammonit von der Größe eines Mülleimerdeckels. Als Paul ihn sich genauer ansah, entdeckte er einen rostigen eisernen Griff an der Seite. Er runzelte die Stirn. Das Ganze sah aus wie eine U-Boot-Luke.

Klarinde stampfte dreimal fest mit dem Fuß auf das runde Fossil. KLOPF, KLOPF, KLOPF. »Hallöchen, mürrische Margret!«, rief sie fröhlich und trat von der Klappe zurück. »Bist du da? Ich bin es, Klarinde! Du hast mich zum Tee in dein allerschönstestes Heim eingeladen!« Sie

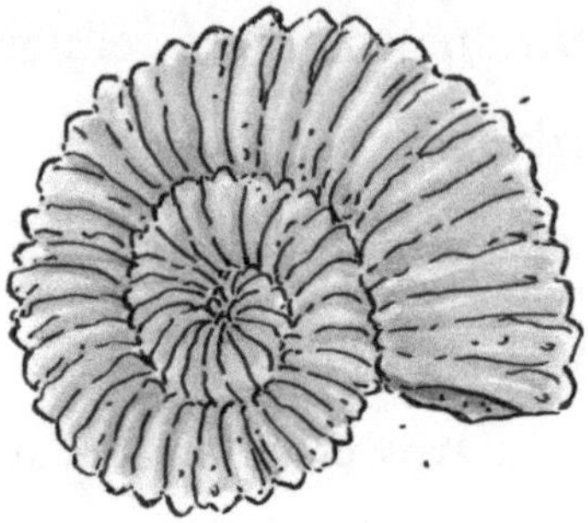

schaute zum Mond und fügte hinzu: »Und ich bin auch ganz pünktlich, also mach bitte keine Zicken.«

Eine Minute lang geschah gar nichts. Dann war das Schlurfen von nassen Stiefeln zu hören. Es kam immer näher und wurde immer lauter. Schließlich ging die Ammonitklappe quietschend auf, und die mürrische Margret streckte den Kopf heraus. Sie sah ungefähr so vergnügt aus wie eine Bulldogge, die eine Wespe verschluckt hat. »Oh, ihr seid es! Dann muss ich euch ja wohl reinlassen«, sagte sie und musterte Klarinde und Paul von oben bis unten. »Schuhe abtreten!«

Damit drehte sich die Meerhexe um und platschte eine Treppe zu einem Gang hinunter. Klarinde kletterte als Erste durch die Klappe. Paul folgte ihr und tastete vorsichtig mit den Füßen nach den rutschigen Stufen. Und während er in die Dunkelheit hinabstieg, beschlich ihn das Gefühl, dass der Nachtausflug mit Klarinde wahrscheinlich keine gute Idee gewesen war.

11

Zum Zähneausbeißen

Der Gang war lang, eng und tief unter der Erde und mit nur einem Kerzenstummel beleuchtet. Er war dunkel und feucht und roch nach unaussprechlichen Dingen.

Klarinde jauchzte vor Freude. »Sieh nur!«, rief sie und zeigte an die Decke, wo Hunderte von Fledermäusen hingen. »Partydekoration! Wie hübsch!«

»Klarinde, das gefällt mir nicht«, wisperte Paul. Ihn hatte der Mut verlassen. »Es riecht entsetzlich hier und alles ist moderig und düster, und es ist mitten in der Nacht. Ich habe meine Meinung geändert. Können wir bitte wieder gehen?«

»Nein, können wir nicht«, zischte Klarinde. »Ich bin auf den Kuchen aus, und ohne ihn gehe ich hier nicht weg!«

Der Gang führte in eine große Höhle, in der man so gut wie nichts sehen konnte. Klarinde und Paul tasteten im Dunkeln nach einem Platz zum Hinsetzen.

Einen Augenblick später tauchte die mürrische Margret wieder auf und brachte ein Tablett mit Kuchen und klapperndem Geschirr herein. Sie stellte das Tablett auf einem Stein ab und zog ein Messer aus der Tasche. Nachdem sie es an ihrem Gummimantel abgewischt hatte, schnitt sie den Kuchen mit einiger Mühe an.

»Was für eine schicke Meerhöhle du hast!«, begann Klarinde das Gespräch, ohne den Kuchen aus den Augen zu lassen. »Wohnst du schon lange hier?«

»Geht dich nichts an«, brummelte die mürrische Margret und knallte die Kuchenstücke auf kleine Teller.

Klarinde ließ nicht locker. »Herrliches Wetter für die Jahreszeit, findest du nicht?«

Die Meerhexe grunzte nur und gab ihr ihren Teller.

»Meine Güte!«, sagte Klarinde mit großen Augen und spielte die Überraschte. »Für mich? Das ist wirklich allergroßzügigst von dir, mürrische Margret. Du bist die perfektesteste Gastgeberin.« Sie nahm das Kuchenstück, machte den Mund weit auf und biss kräftig hinein. »Aua, meine Zähne!«, rief sie erschrocken. »Der ist ja steinhart und schmeckt total salzig. Du liebe Zeit, Meerhexe, wie alt ist dieser Früchtekuchen?«

Die mürrische Margret zuckte mit den Schultern. »Ich habe ihn aus einem Schiffswrack, könnte aus dem letzten Jahrhundert sein. Ich nenne ihn meinen Katastrophenkuchen.« Sie sah Paul an. »Dein trauriges Häuslingsschoßtier möchte wohl auch ein Stück, oder?«

Paul erschauderte. »Oh nein, vielen Dank, mürrische Margret.«

»Wie du willst. Verschwenden will ich ihn nicht«, entgegnete sie, nahm das Tablett und verschwand in der Dunkelheit.

»Donnerlittchen, was für ein frutzeliger Dumpfbeutel«, raunte Klarinde Paul zu. »Eine alte, richtig garstige Tranfunzel ist sie! Das soll

Kuchen sein? Ist eher wie eines von deinen Flossillen und keine leckerliche Nascherei. Ich werde ihrer Höhle eine schlechte Bewertung in meinem Grimoire geben!« Sie zog das schmutzige Buch aus ihrem Rucksack und begann zu schreiben.

<u>Die Höhle der mürrischen Margret:</u>

Muffiger Geruch.
Kein Wind, genau wie in einem Haus.
Kuchen so hart, dass sich ein Dachs die Zähne dran ausbeißt.

Dann steckte sie ihren Bleistiftstummel wieder ein. »Ich hatte so große Erwartungen, weil sie eine Meerhexe ist. Ich hatte mir ein Häppchen Schwammkuchen erhofft oder vielleicht ein Scheibchen Tang. Zumindest aber ein winzigliches Brombeertörtchen.« Sie schob die Unterlippe vor und sah Paul betrübt und Mitleid heischend an. »Du weißt, wie sehr Klarinde Törtchen mag.«

Als die mürrische Margret zurückkehrte, saßen sie noch eine Weile in unbehaglichem Schweigen beisammen. Pauls Augen hatten sich inzwischen an die Dunkelheit gewöhnt, und er konnte erkennen, dass die Meerhexe auf einer Art Thron saß, der aus dem Felsen gehauen zu sein schien. Die Minuten zogen sich dahin wie Stunden.

»Sapperlottchen, es ist spät geworden!«, sagte Klarinde schließlich und stand zu Pauls Erleichterung auf. »Vielen Dank für den herzlichen Empfang, mürrische Margret. Aber wie schön es auch ist, wir müssen leider gehen.«

Margret zog eine Tonpfeife aus der Tasche und stopfte sie mit Algen. »Es war mir ein Vergnügen, eine Hexe und ihr Häuslingsschoßtier zu Gast zu haben«, brummelte sie grimmig. »Wie schnell die Zeit vergeht, wenn man Spaß hat. Ich will euch nicht aufhalten. Sagt niemandem, dass ihr mich gesehen habt, und kommt nie wieder her!« Sie zückte ein Streichholz, riss es an der Felswand an und entzündete ihre Pfeife. Der grelle Schein der Flamme erhellte die Höhle – und Paul entfuhr ein lauter Schrei.

12

Fossilien und Fabelwesen

In dem Moment, als das Streichholz aufflammte, konnte Paul den Thron der mürrischen Margret genauer sehen. Sie stützte ihre Ellbogen auf gewaltige Knochen, und ihre Füße ruhten auf riesigen Klauen. Die Rückenlehne bestand aus einer langen Wirbelsäule, auf der ein gigantischer Schädel saß, der so groß wie Pauls Koffer war. Im Bereich des Brustkorbs befanden sich Knochen, die dem Gestänge eines riesenhaften kaputten Regenschirms ähnelten.

Paul kramte mit zitternden Händen seine Taschenlampe hervor. Er schaltete sie ein, richtete den Lichtstrahl auf das Skelett und ließ ihn über die Knochen gleiten. Er dachte an die vielen Fachbücher, die bei ihm zu Hause im Regal

standen, und fragte sich, ob das, was er sah, tatsächlich das war, wofür er es hielt.

»Äh … mürrische Margret«, stammelte er. »Ich glaube, du sitzt auf … auf … AUF EINEM DINOSAURIER-FOSSIL!«

Paul hatte angenommen, die beiden Hexen würden schockiert sein oder zumindest überrascht. Er hatte nicht erwartet, ausgelacht zu werden.

»Hast du das gehört, mürrische Margret?«, sagte Klarinde kichernd. »Er denkt, es ist von einem Dinosaurier!«

Die Meerhexe brachte ein Grinsen zustande. Es sah aus, als würde sie sich sehr anstrengen. Als hätte sie nie zuvor gelächelt. »Zum Totlachen!«, sagte sie. »Dein Schoßtier ist höchst amüsant, haha.«

»Das ist kein Witz!«, protestierte Paul. »Es ist wahrscheinlich die wichtigste Entdeckung des Jahrhunderts!« Er fuhr mit der Hand über die verschiedenen Teile des Skeletts. »Und es ist vollständig! Habt ihr eine Vorstellung, wie unglaublich selten so etwas ist? Es könnte ein Spinosaurus sein oder ein Ichtyosaurier!«

Klarinde hielt sich inzwischen den Bauch vor Lachen.

»Hör auf, Klarinde! Das ist nicht witzig«, sagte Paul und suchte in seinen Taschen nach einem Stift. »Ich muss das in mein Tagebuch aufnehmen.«

»Doch, es ist sehr witzig!«, erwiderte Klarinde japsend.

Ihre Reaktion wurmte Paul gewaltig. Sie hätte vor Begeisterung und Staunen kreischen müssen. »Das ist der größte Moment meines Lebens und ganz gewiss kein Grund zum Lachen. Würdest du mir bitte erklären, was du so witzig daran findest?«

Klarinde nahm sich zusammen. »Selbstverständlich. Ich lache, weil dir jede beliebigliche Hexe sagen könnte, dass es *kein* Dinosaurier ist.«

»Wirklich?«, entgegnete Paul und stemmte die Hände in die Hüften. Seine Stimme wurde immer schriller. »Dann sagt mir doch, was es ist, wenn ihr solche Expertinnen seid!«

Klarinde verschränkte grinsend die Arme vor der Brust und warf der mürrischen Margret einen Blick zu. »Sollen wir es ihm verraten?«

Die Meerhexe baute sich vor Paul auf und sah ihn prüfend an. »Ist er ein Plappermaul? Plappermäuler kann ich nämlich noch weniger leiden als Häuslinge.«

»Nun ja, er ist zwar ein Nörgelfritze und Dummerjan«, sagte Klarinde lächelnd, »aber man kann ihm vertrauen.«

Die mürrische Margret entzündete abermals ein Streichholz. Der Lichtschein fiel auf einen beeindruckenden Leuchter, der von der Höhlendecke herunterhing. Sie zündete dessen Kerzen eine nach der anderen an, und es wurde immer heller. Als die Dunkelheit in die hintersten Winkel verbannt war, wurden bunte Höhlenmalereien an den Felswänden sichtbar: Wüsten- und Meereslandschaften, Felder, Wälder und Gebirge. Und jedes dieser Bilder zeigte mächtige Ungeheuer in den Farben Rot, Grün und Blau. Manche flogen durch die Luft, andere spuckten Feuer.

»Nein, NEIN!«, rief Paul und schüttelte den Kopf. »Da irrt ihr euch! Das sind Gemälde von *Drachen*. Und Drachen gibt es nicht. Die sind bloß eine Erfindung«, erklärte er. »Entwicklungsgeschichtlich betrachtet sind Drachen ein Ding der Unmöglichkeit. Feuer spuckende, fliegende

Bestien mit großen, schweren Körpern sind Unsinn. Das wird euch jeder Wissenschaftler bestätigen. Es ist nun mal eine Tatsache.«

Die beiden Hexen sahen sich feixend an.

»Drachen sind Fantasiegestalten, die es nur im Märchen gibt«, fuhr Paul fort. »Wahrscheinlich haben frühere Menschen sie erfunden, als sie auf Fossilien stießen und nicht wussten, um was es sich handelte. Und überhaupt, wenn Drachen echt wären, gäbe es hier noch viele weitere Skelette, oder?« Er breitete aufgeregt die Arme aus, kippte hintenüber und fiel auf einen großen Knochenhaufen. »Dann wären sie überall!«

Die mürrische Margret seufzte und hob vorsichtig ihren Hut hoch. Darunter befand sich, in ein Nest aus ihren zauseligen weißen Haaren gebettet, ein Gelege mit teetassengroßen Eiern.

»Sind das … *Eier?*«, stieß Paul verblüfft hervor.

»Ich habe dir ja gesagt, dass es sich für dich lohnen könnte mitzukommen, nicht wahr, Paul?«, sagte Klarinde mit einem selbstgefälligen Ausdruck im Gesicht.

»Also … schon, aber wenn du denkst, ich nehme dir ab, dass sie eine Art Drachenhüterin ist, dann irrst du dich gewaltig!« Paul zeigte auf die mürrische Margret. »Ich enttäusche euch nur ungern, aber das sind eindeutig versteinerte Dinosauriereier, die Millionen Jahre alt sind. Ähnliche habe ich schon im Museum für Naturgeschichte gesehen. Aus diesen Eiern schlüpft garantiert nichts mehr.« Paul schüttelte den Kopf und dachte wohl zum hundertsten Mal, wie gut es wäre, wenn Hexen mehr Bücher lesen würden. »Um an Drachen zu glauben, brauche ich viel mehr Beweise.«

Die mürrische Margret schaute von Paul zu Klarinde. »Dein Schoßtier muss noch viel lernen!« Sie nahm den Ammoniten, den sie um den Hals trug, und blies hinein. Ein leiser Pfiff ertönte, dessen Echo von den Höhlenwänden widerhallte. Einen Augenblick lang geschah gar nichts. Dann waren plötzlich Flügelschläge zu hören und ein ohrenbetäubender Schrei – der Schrei eines mächtigen Hahns.

13

Das Geheimnis der Meerhexe

Zu Pauls größtem Erstaunen kam scharrend und flügelschlagend ein riesengroßes Vogelwesen aus den finsteren Tiefen der Höhle stolziert.

Klarinde ging voller Bewunderung um das Tier herum. »Sieh an, mürrische Margret, das ist wahrhaftiglich ein Drache und kein Irrtum. Ein Basilisk, nicht wahr? Ich habe, wie du weißt, eine Schwäche für Fögel, und das hier ist ein prächtiges, seltenes Exemplar.«

»Macht bloß keine schnellen Bewegungen oder lauten Geräusche«, warnte die mürrische Margret und saugte an ihrer Pfeife. »Er mag keine Fremden.«

Paul stand vor Schreck stocksteif da. Er traute seinen Augen nicht. Der einem Hahn ähnelnde Drache, dessen

Flügel mit bunt leuchtenden Federn besetzt waren, war viel größer als er. Kupferfarbene Schuppen, die im Kerzenlicht wie Münzen glänzten, überzogen seine massive Brust und den dicken stacheligen Schwanz. Paul fielen die kräftigen Beine auf, an deren Enden gefährliche Klauen saßen. An den Hacken befanden sich furchterregende Sporne. Der Drache hatte eine Lederhaube auf dem Kopf wie die Greifvögel, die Paul in Mittelalter-Filmen gesehen hatte. Aus den Löchern schauten ein gebogener goldener Schnabel und ein blutroter Hahnenkamm heraus. »Wozu ist die gut?«, fragte er und zeigte mit zitternder Hand darauf.

»Das ist eine Vorsichtsmaßname«, sagte die mürrische Margret. »Die Haube beruhigt ihn. Ein Blick von einem Basilisken und man wird zu Stein.«

»Aber nicht jeder«, sagte Klarinde und drohte ihr mit dem Finger. »Wie du sehr gut weißt, Meerhexe.«

Die mürrische Margret rückte die Eier in ihrem Haarnest zurecht und tat so, als hätte sie Klarinde nicht gehört.

Paul war hingerissen von der sonderbaren Schönheit des Mischwesens. Er konnte nicht anders, als ihm über seine

Federn zu streichen. Sie waren weich und seidig, und er spürte durch sie hindurch die Wärme des Körpers. Als der Basilisk sich zu ihm vorbeugte, hüllte ihn ein köstlicher Duft von kandierten Äpfeln und Feuerwerk ein. Ein leises vibrierendes Geräusch zwischen Gackern und Schnurren stieg aus seiner Brust auf, und Paul stellte verwundert fest, dass das Herz des Drachen im gleichen Takt schlug wie seins.

»Für einen Drachen, der keine Fremden mag«, sagte Klarinde augenzwinkernd, »hat er meinen Freund ziemlich gern.«

In diesem magischen Moment passierte etwas zwischen Paul und dem Basilisken. Paul machte sich normalerweise Sorgen um alles – um einzelne Socken wie um Busfahrpläne –, doch er hatte nicht die geringste Angst, den wilden Drachen zu streicheln. Das Gefühl der Vertrautheit war überwältigend. Paul konnte es sich nicht erklären – ebenso wenig wie alles andere, was er in dieser Nacht in der Höhle sah. Eins war allerdings sicher: Dieses Tier – *dieses Fabelwesen* – war genauso lebendig wie er.

Während Paul versuchte, sich einen Reim auf das alles zu machen, präsentierte sich der Basilisk und breitete seine in allen Regenbogenfarben schillernden Flügel aus. Ein heftiger Wirbel aus Daunen fegte durch die Höhle, und die kleinen Flaumfedern schwebten auf sie herab wie Schneeflocken. Eine landete auf Pauls Nase und kitzelte ihn. Er bemühte sich verzweifelt, stillzuhalten und Ruhe zu bewahren. *Oh nein, bitte nicht jetzt,* dachte er und rümpfte die Nase, um den Niesreiz zu unterdrücken. Aber es war zu spät.

»HAAATSCHI!«

Der Basilisk kreischte erschrocken und machte einen Satz nach hinten. Er stieß einen gewaltigen orangeroten Feuerstrahl aus.

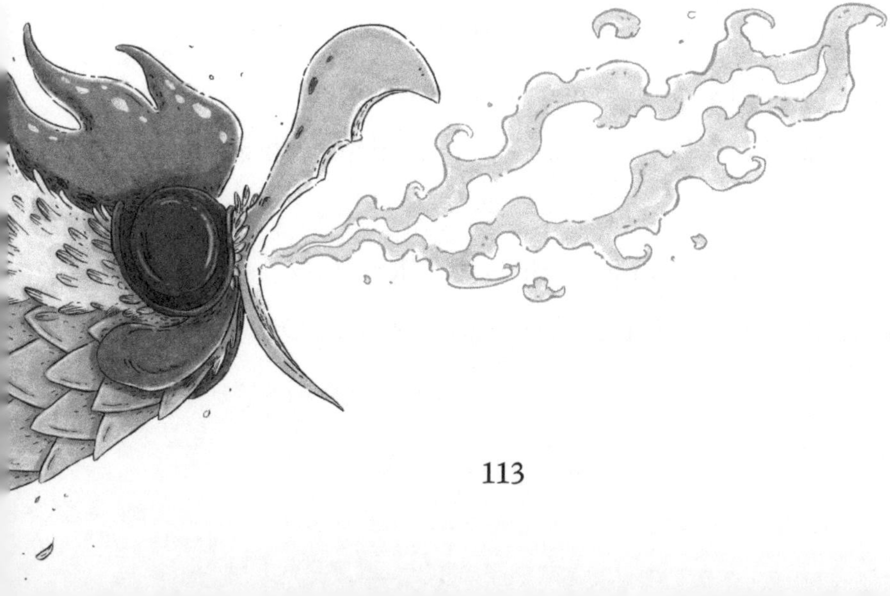

»He, was soll das!«, rief Klarinde und schlug sich hastig auf den Kopf. »Er hat mir den Hut angesengt!«

»Ich sagte doch, ihr sollt aufpassen!«, entgegnete die mürrische Margret und wedelte die Rauchwolken fort. »Basilisken sind zarte, empfindsame Seelen und äußerst schreckhaft.« Sie tröstete das Hahnenwesen, indem sie sanft auf es einredete, und lockte es zurück in die Mitte der Höhle. »Aber, aber, mein armes Ding, beruhige dich. Alles ist gut. Margret ist hier.« Sie kraulte den Drachen unter dem Schnabel, bis er wieder zufrieden zu schnurren begann.

»Ein ganz und gar unglaublicher Ort«, murmelte Paul vor sich hin und drehte sich fasziniert im Kreis. »Die reinste Schatzhöhle! Hier gibt es nicht nur Drachenskelette, sondern auch Eier und einen echten, lebendigen Drachen!«

Er zog eilig sein Tagebuch und einen Stift aus der Gesäßtasche. Klarinde runzelte die Stirn. »Was machst du da?«

»Ich schreibe mir natürlich alles auf«, sagte Paul. Seine Augen leuchteten vor Tatendrang. »Die Welt muss schnellstmöglich von dieser verblüffenden Entdeckung erfahren!«

Klarinde und die mürrische Margret nahmen ihn gleichzeitig mit ihren durchdringenden Blicken ins Visier. Plötzlich bekam er fast keine Luft mehr. Er hatte das Gefühl, zwischen dem Grün des Waldes und dem Blau des Meeres zerquetscht zu werden.

»HÖR MIR GUT ZU, JUNGE«, brüllte die mürrische Margret und bohrte ihm ihren knotigen runzligen Finger in die Brust. »Dieser Ort ist GEHEIM. Ich habe diese Drachen mein Leben lang gehütet. DU DARFST NIEMANDEM ETWAS DAVON SAGEN!« Sie schien im Kerzenlicht immer größer zu werden und ragte drohend über ihm auf. »Sonst passieren schlimme Dinge. Als Erstes verwandele ich dich in eine Krabbe. Dann lasse ich deine Zähne wachsen, bis sie zu groß für deinen Kopf sind. Und DANN sorge ich dafür, dass deine Beine ewig und drei Tage zittern. Und das ist erst der Anfang ...«

»Na, na, na, mürrische Margret, beruhige dich. Kein Grund zur Aufregung«, sagte Klarinde und zwängte sich zwischen die beiden. »Er denkt sich nichts Böses dabei. Er ist nur ein dummer Häusling, und er redet wie ein dummer Häusling. Er wird niemandem etwas verraten – nicht wahr, Paul?«

»Aber Klarinde!«, rief Paul, obwohl er besser den Mund gehalten hätte. »Ich muss es Dr. Scharfzahn sagen! Stell dir vor, wie dankbar sie sein wird. Sie hat doch gesagt, dass wir uns bei ihr melden sollen, wenn wir etwas Außergewöhnliches finden ... und dass auch ein Kind große Entdeckungen machen kann. Und ich *habe* eine gemacht! Das hier ist die fantastischste Entdeckung aller Zeiten!«

Die mürrische Margret lachte abschätzig. »Pah! Die Scharfzahns? Die sind von Grund auf schlecht und verdorben. So war es schon immer, und es wird sich nicht ändern. Allesamt Betrüger, Diebe und Räuber!«

Paul runzelte die Stirn. »Wie kannst du das sagen! Das stimmt nicht!«, protestierte er. »Dr. Florenzia Scharfzahn ist eine *Fossilienexpertin von Weltrang*. Sie ist ein außergewöhnlich intelligenter und guter Mensch. Sie ist meine Heldin!«

»Pass mal auf, du dummer Junge!«, fuhr die mürrische Margret ihn an. Sie kam ihm so nah, dass er die Äderchen in ihren Augen sehen konnte. »Die Scharfzahns haben kein Interesse an Fossilien. Sie sind Drachenjäger. Sie versuchen schon seit Jahrhunderten, diese Höhle zu finden!«

Sie ließ sich wieder auf ihren Thron sinken. »Jahr für Jahr beobachte ich, wie sie mit Hämmern, Schaufeln und Bürsten den Strand absuchen und überall herumschnüffeln. Aber ich beschütze meine Drachen vor allen Gefahren, und so wird es auch bleiben. Hier, verborgen unter den Ammoniten, sind wir sicher.« Sie zündete ihre Pfeife an. »Schwörst du mir jetzt, dieses Geheimnis für dich zu behalten, oder muss ich dich dazu verfluchen, bis in alle Ewigkeit seitwärts über den Strand zu wackeln, mit einem schweren Panzer und Zähnen, die so groß wie Schuhe sind?«

14

Hahnenschrei

Als sie über den Strand zurück zum Haus Drachenfels gingen, bemühte sich Klarinde um eine Erklärung. »Weißt du, Paul, es gibt alle möglichen magischen Wesen. Baumhexen wie ich kümmern sich um Fögel, Schmetterlinge und Igel. Archibald Kuckuck war ein Hogel, also ein nichtsnutziger Mistbock. Eine Meerhexe hat wiederum die Aufgabe, auf Drachen aufzupassen – vom Anfang, wenn sie noch kleine Embryos in Eiern sind, bis zum Ende, wenn von ihnen nur ein Haufen alter Knochen bleibt. Hexen und Drachen gehören zusammen wie Blitz und Donner oder Mond und Sterne.«

»Aber sie sollte nicht solche schrecklichen Dinge über Dr. Scharfzahn sagen«, meinte Paul. »Das ist ungerecht.

Wenn die mürrische Margret sie kennenlernen würde, wüsste sie, wie sehr sie im Irrtum ist. Sie ist komplett auf dem Holzweg. Drachenjäger? Was für ein Unsinn! Die Scharfzahns sind ganz schlicht und einfach Fossilienexperten.«

»Wenn du das sagst …«, entgegnete Klarinde. Sie fand ein altes Bonbonpapier in ihrer Tasche und leckte es ab. »Aber ich wäre mir da nicht so sicher.«

Als sie Haus Drachenfels erreichten, sprang Klarinde auf die Gartenmauer. »Denk dran, Paul: Egal was du glaubst, du hast **nichts** gesehen und **nichts** gehört und von **nichts** eine Ahnung. Die Drachen müssen ein Geheimnis bleiben. Eine Meerhexe darf man nicht verärgern!« Dann schwang sie sich auf einen Baum und verschwand.

Paul schüttelte enttäuscht den Kopf. So lange er zurückdenken konnte, hatte er davon geträumt, eine richtig große wissenschaftliche Entdeckung zu machen und sie der Welt zu verkünden. Jetzt war sein Traum endlich wahr geworden, aber er musste seine Entdeckung geheim halten! Das war mal wieder typisch. Der Schulausflug verlief ganz

anders, als er erwartet hatte. Er schaute zu den vom Mondlicht erhellten Wasserspeiern an den Dachrinnen auf und erschauderte. Es war kalt und spät. Höchste Zeit, ins Bett zu gehen.

Paul schlüpfte ins Haus und schloss leise die Tür hinter sich. Im Flur war alles still bis auf das Ticken der alten Standuhr. Sie zeigte halb vier in der Frühe, und Paul wurde klar, dass ihm bis zum Frühstück nur noch vier Stunden Schlaf blieben. Er hatte keine Zeit mehr, ein Fossil zu finden, und damit war seine Chance dahin, den Profi-Hammer zu gewinnen.

Aber das spielte keine Rolle. Nach den außergewöhnlichen Ereignissen der Nacht war ihm der Preis nicht mehr so wichtig. Immerhin hatte er Bekanntschaft mit einem echten, lebendigen Drachen gemacht. Paul schnupperte an seinem Pullover, der noch nach kandierten Äpfeln und Feuerwerk roch. Mit einem Grinsen im Gesicht tappte er auf Zehenspitzen durch den Speisesaal und ging zur Treppe, um nach oben in den Schlafsaal zu schleichen.

In diesem Moment fiel ihm auf, dass an der Bibliothekstür, aus der Dr. Scharfzahn am ersten Morgen gekommen war, ein Schild mit der Aufschrift »PRIVAT« hing. *Eigentlich sollte eine Bibliothek doch jedem offenstehen,* überlegte er. Trotz der späten Stunde fiel Licht durch den Schlitz unter der Tür. *Wer ist denn um diese Uhrzeit noch da drin?* Paul drückte neugierig die Messingklinke hinunter, aber die Tür ließ sich nicht öffnen. Er bückte sich und spähte durch das Schlüsselloch, konnte aber nichts sehen. *Ist sie etwa von innen abgeschlossen?* Paul presste sein Ohr an die Tür. Ein leises, rätselhaftes Brummen war zu hören.

Auf der Kommode im Flur lag eine Zeitung, und als Paul sie bemerkte, erinnerte er sich an einen alten Trick. Ob er funktionieren würde? Das nächtliche Abenteuer hatte Paul mutig gemacht, und so nahm er ein Blatt von der Zeitung und schob es vorsichtig unter der Tür durch. Dann holte er seinen Stift hervor und stocherte so lange damit im Schlüsselloch, bis der Schlüssel auf der anderen Seite auf das Zeitungsblatt fiel. Nun zog Paul das Blatt mitsamt dem Schlüssel behutsam auf seine Seite.

Leise steckte er den Schlüssel ins Schloss und drehte ihn. Mit ein bisschen Druck ging die Tür auf.

Im hinteren Teil des Raums lag eine Gestalt vornübergebeugt auf einem Schreibtisch und schnarchte. Paul erkannte sie sofort; es war die große Dr. Florenzia Scharfzahn höchstpersönlich. Sie schlief im Lichtschein einer Lampe auf einem offenen Buch. Ein herzerweichender Anblick! Die große Gelehrte hatte im Namen der Wissenschaft bis in die frühen Morgenstunden geforscht und war so in ihrer Arbeit aufgegangen, dass sie es nicht ins Bett geschafft hatte. Paul schüttelte den Kopf. Wie konnte die mürrische Margret nur solche schlimmen Dinge über die Scharfzahns sagen! Das war wirklich nicht fair. Paul wünschte, er könnte Dr. Scharfzahn von der Höhle und dem Drachen erzählen. Sie wäre bestimmt begeistert. Aber ein Versprechen war ein Versprechen.

Paul wollte die Tür gerade wieder schließen, als sein Blick auf die Bücherregale fiel. Die Verlockung war groß. Es war garantiert eine der besten Büchersammlungen der Welt zum Thema Fossilien. Voller Spannung tat er ein paar Schritte in Richtung der bis zur Decke gefüllten Fächer. Was konnte es schon schaden, sich kurz umzusehen?

Er nahm vorsichtig eine Pergamentrolle von einem Regal und rollte sie auseinander. Eine alte Zeichnung von einem schlangenartigen Wesen kam zum Vorschein. Sie war mit der Jahreszahl 1342 und der Unterschrift »Lindwurm« versehen. Er holte die nächste Rolle herunter und fand ein Bild des heiligen Georg, wie er mit dem Schwert gegen einen Feuer speienden Drachen kämpfte. Als Paul weitersuchte, stieß er auf Dutzende Bücher über verschiedene Drachen: über Wasserdrachen, geflügelte und schlangenförmige Drachen. Auch die anderen Regale waren voller solcher Bücher. Sie berichteten über Drachen in anderen Ländern: den chinesischen Drachen Long, den syrischen Tiamat, den polnischen Wawel-Drachen und den portugiesischen Coca.

Wo sind eigentlich die Bücher über Fossilien?, fragte sich Paul, während er von Regal zu Regal wanderte. Ihn befiel eine leise Panik. *Warum geht es hier nur um Drachen?*

Er sah sich ein altes Notizbuch an. Es handelte sich um ein viktorianisches Tagebuch. Der Name »Dr. Charles Scharfzahn« stand in goldenen Buchstaben auf dem braunen Ledereinband. Paul öffnete den Verschluss und las die erste Seite:

Dienstag, 23. Oktober 1898

Liebes Tagebuch,
zu meiner größten Freude sind mir weitere Gerüchte über Drachen zu Ohren gekommen – diesmal über das Nest eines Basilisken! Meine Informanten sagen, es gibt eine unterirdische Höhle, die irgendwo an der Küste versteckt ist.

Paul schnappte erschrocken nach Luft und schlug die Hand vor den Mund.

Es heißt, diese Höhle sei durch Magie geschützt. Deshalb habe ich beschlossen, ein Anwesen in der Nähe der Klippen zu kaufen, das ich Haus Drachenfels nennen werde. Dort kann ich ungehindert arbeiten, getarnt als Fossilienforscher – das ist zurzeit sehr in Mode. Die Arbeit wird gefährlich sein, denn Basilisken sind für ihr boshaftes Wesen bekannt, aber ich muss einen haben – tot oder lebendig.

Pauls Blick fiel auf eine gerahmte Stickarbeit mit einem Zitat, die an der Wand hing.

Der Löwe liegt beim Lamm
und das Kind mag gefahrlos
seine Hand legen
in die Höhle des Basilisken.

Der Zauber Ägyptens, 1908

Daneben hing ein Teil eines mittelalterlichen Wandteppichs. Ein kleiner Junge war darauf dargestellt, der einen gefiederten Drachen fütterte und streichelte.

Paul schwirrte der Kopf. Auf einmal fügte sich eins zum anderen: die private Bibliothek, die Bücher, die Dokumente, die abgeschlossene Tür. Und das Haus trug wohl nicht umsonst den Namen »Drachenfels«!

Paul dachte an die Wasserspeier. Auch sie waren allesamt Drachen. Er sah sich den Wandteppich noch einmal genauer an. Lud Florenzia Scharfzahn etwa Schüler ein, um sie die Küste absuchen zu lassen? Weil sich nur ein *Kind* mit einem Basilisken anfreunden konnte?

Paul fiel ein Brief auf, der neben Dr. Scharfzahns Notizbuch auf dem Schreibtisch lag. Er trat näher und las ihn durch.

Betreff: Code-Name Hahnenschrei

Verehrter Herr Generalmajor Jonas
(Verteidigungsministerium),
wie ich bereits erklärte, können Basilisken Feuer spucken und den Feind mit einem einzigen Blick zu Stein erstarren lassen. Nimmt man noch ihre Kraft, Brutalität und Flugfähigkeit hinzu, sind sie eine unübertreffliche Kriegswaffe. Der Wert eines Basilisken liegt bei acht Millionen, was, wie Sie mir sicher zustimmen werden, ein fairer Preis ist.
Es geht nur langsam vorwärts, aber ich habe regelmäßig Gruppen gescheiter Kinder hier, die die Küste absuchen. Ich bin sicher, dass wir schon bald den Durchbruch schaffen und ein lebendiges Exemplar gefangen werden kann.

Mit freundlichen Grüßen
Dr. Florenzia Scharfzahn
Drachenjägerin

Paul überkam das bittere Gefühl des Verrats. Seine schlimmsten Befürchtungen hatten sich bestätigt. Was für ein Dummkopf er gewesen war! Die ganze Zeit hatte er Dr. Scharfzahn für eine richtige Wissenschaftlerin gehalten, aber in Wahrheit war sie bloß eine Großwildjägerin. Ihr kam es nur auf das Geld an, nicht auf das Wissen. Und er hatte ihr alles erzählen wollen! Bei der Vorstellung, dass sein empfindsamer Freund als Waffe eingesetzt werden sollte, kamen ihm die Tränen. Er erinnerte sich daran, wie weich und warm das Gefieder des Drachen gewesen war und wie viel Angst ihm allein schon ein Niesen gemacht hatte.

Paul ballte vor Wut die Hände zu Fäusten. Wie konnte sie nur? Die Drachen mussten geschützt werden. Dr. Scharfzahn durfte die Höhle *niemals* finden! Kein wildes Geschöpf durfte derart missbraucht werden, und ein so seltenes und schönes Wesen wie der Basilisk erst recht nicht. Eines stand fest: Pauls Lippen waren versiegelt. Er würde nie im Leben jemandem verraten, wo die Drachen waren, auch wenn er dafür den Traum aufgeben musste, seinen Namen auf einer

Messingtafel im Museum für Naturgeschichte zu sehen. Es gab Dinge, die wichtiger waren als wissenschaftlicher Ruhm. Berühmtheit war eine Sache, aber Freundschaft war etwas ganz anderes. Es wurde Zeit zu packen, nach Hause zu fahren und die Drachen in Frieden zu lassen.

Paul verließ die Bibliothek und machte leise die Tür hinter sich zu. Mit nachdenklicher Miene tappte er die Treppe hoch. Ein alberner signierter Hammer als Gewinn? Als Preis des Verrats? Nein danke! Paul wollte nichts, was den Namen Scharfzahn trug, und wenn es der letzte Fossilienhammer auf der Welt war. Viktoria konnte ihn ruhig haben.

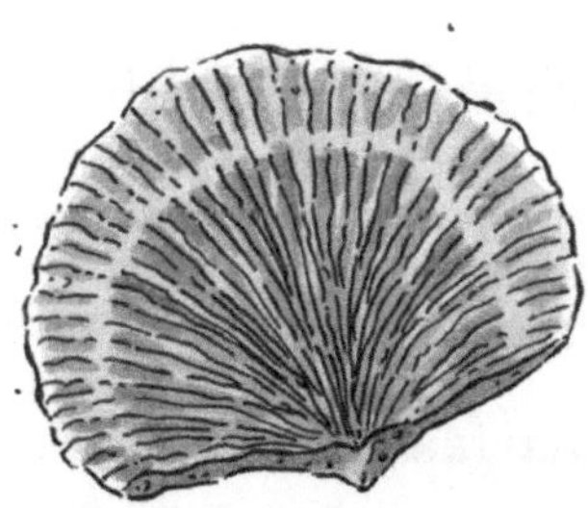

15

Gemeine Petze!

Ein paar Stunden später wurde Paul wach, weil Nikos ihm auf die Schulter tippte. »Paul!«, raunte er ihm zu. »Beeil dich! Du musst aufstehen. Du hast verschlafen und das Frühstück verpasst! Dr. Scharfzahn will dich in ihrem Büro sprechen.«

Paul zog sich schlaftrunken an. Hätte er sich doch bloß den Wecker gestellt! Er war erst bei Sonnenaufgang unter die Decke geschlüpft und fühlte sich hundemüde.

Er ging nach unten und klopfte an die Bürotür. »Herein«, ertönte es von innen. »Bitte schließ die Tür hinter dir.«

Dr. Florenzia Scharfzahn saß an ihrem Schreibtisch, und neben ihr stand Viktoria mit einem selbstgefälligen Lächeln im Gesicht. Was hatte *sie* hier zu suchen?

»Danke für dein Kommen, Paul. Ich habe leider keine guten Nachrichten für dich. Viktoria hat mir gesagt, dass du die Regeln verletzt hast. Wie enttäuschend!«

Pauls schlechtes Gewissen hielt sich in Grenzen, weil Dr. Scharfzahn nicht mehr seine Heldin war. »Viktoria versucht ständig, mich in Schwierigkeiten zu bringen«, sagte er gähnend. »Geht es darum, dass ich verschlafen habe? Oder dass ich mich gestern zu weit von der Fahne entfernt habe? Dafür habe ich mich nämlich schon entschuldigt.«

»Es ist viel schlimmer!«, rief Viktoria. »Ich habe euch gesehen! Du und Klarinde, ihr habt euch heimlich in der Nacht davongeschlichen wie Diebe.«

Oh nein! Paul gefror das Blut in den Adern. Er war so vorsichtig gewesen und *so sicher,* dass sie niemand gesehen hatte.

»Ich bin euch gefolgt«, erklärte Viktoria und drohte ihm mit dem Finger. »Bis unten an den Strand. Ich habe gesehen, wie diese *Hexe* ein Stück Papier aus einer Flasche gezogen hat. Und dann hast du es dir in die Hosentasche gesteckt.«

Paul wollte spöttisch lachen, aber aus seinem Mund kam nur ein ersticktes Quäken. »Erzähl keinen Unsinn, Viktoria«, sagte er. »Du hast wirklich eine lebhafte Fantasie. Wahrscheinlich hast du zu viele Muffins gegessen und schlecht geträumt, das ist alles. Die sind nicht gut für die Verdauung, weißt du? Ich habe die ganze Nacht tief und fest in meinem Etagenbett geschlafen.«

»Tatsächlich?«, sagte Dr. Scharfzahn und sah Paul prüfend mit ihrem gesunden Auge an. »Dann hast du ja sicher nichts dagegen, wenn wir einen Blick in deine Tasche werfen, oder?«

»Was?«

»Deine Hosentasche«, wiederholte sie streng. »Ich möchte sehen, was da drin ist.«

Die ganze Welt schien stillzustehen. Paul schob zögernd die Hand in die Tasche und hoffte inständig, dass sich der Zettel in der Zwischenzeit in Luft aufgelöst hatte. Dass er ihn irgendwie verlegt hatte oder eine Möwe ihn geklaut hatte. Aber da war er, heil und unversehrt, direkt unter seinen Fingerspitzen.

»SOFORT, BITTE!«, sagte Dr. Scharfzahn und streckte fordernd die Hand aus.

Paul war innerlich hin- und hergerissen, aber er hatte keine andere Wahl, als ihr den Zettel zu geben. Als Dr. Scharfzahn ihn glatt strich, glänzte ihr Auge vor gespannter Erwartung. »Das ist ein Schatzdreieck«, murmelte sie. »Ich hätte nie gedacht, dass ich mal eins zu sehen bekomme.« Sie schnupperte misstrauisch daran, bevor sie wieder zu Paul aufsah. »Weißt du, was diese Worte bedeuten?«

»Ich weiß es! Ich weiß es! Ich glaube, das ist eine Art Karte!«, rief Viktoria. Offensichtlich war sie fest entschlossen, alles zu verraten. »Sie hat die beiden zu einer Tür im Boden geführt, die aus einem großen runden Fossil besteht!«

Paul hätte Viktoria am liebsten in den nächstbesten Schrank gesperrt. Was für ein Plappermaul!

Dr. Florenzia Scharfzahn stand auf und packte Viktoria an den Armen. »Wo ist diese Tür?«, fragte sie. »*Sag es mir!*«

In Viktorias selbstgefälligem Gesicht zeigte sich Furcht. Sie versuchte sich loszureißen. »Die … Die ist unten am Strand. Als die beiden in dem Loch verschwunden sind, habe ich Angst bekommen, und dann habe ich mich verlaufen. Deshalb kann ich nicht genau sagen, wo das war. Fossilien sehen für mich alle gleich aus. Es war jedenfalls ein Stück flacher Felsboden mit vielen Steinspiralen. Was wollen Sie denn sonst noch wissen? Es geht doch darum, dass Paul die Regeln verletzt hat! Lassen Sie mich bitte los! Sie tun mir weh!«

»Nutzlose Idiotin!«, stieß Dr. Scharfzahn hervor und schob Viktoria beiseite. »Dann muss mir eben der Junge zeigen, wo diese Tür ist.« Sie drehte sich um, aber Paul hatte sich längst aus dem Staub gemacht.

Er schlitterte durch den Flur und rannte zur Haustür hinaus, so schnell ihn seine Beine trugen. Er musste Klarinde finden und die mürrische Margret warnen!

»KLARINDE! KLARINDE!«, rief er, als er durch den Garten lief. »HILFE! HILFE!«

»PSSST!« Klarinde schnappte ihn sich und zog ihn hinter einen großen Busch. »Komm her!«

»Oh, Klarinde, Gott sei Dank!«, japste er und kauerte sich neben sie. »Die Meerhexe hatte recht mit den Scharfzahns, mit den Drachen und mit allem!«

»Tja.« Klarinde sah sich verstohlen um. »Hexen sind eben schlauer als Häuslinge.«

»Ja, ja, ich weiß, entschuldige bitte. Aber jetzt ist etwas Furchtbares passiert, und es ist allein meine Schuld!« Paul versuchte, seine Tränen zurückzuhalten, doch er war übermüdet und verängstigt und wütend zugleich.

Klarinde legte unbeholfen einen Arm um ihn – eine Geste, die ihr anscheinend nicht leichtfiel. »Ist schon gut, hör auf zu jammern, ich weiß sowieso Bescheid.«

»Wirklich? Wie ist das möglich?«, fragte Paul schniefend.

Sie verdrehte die Augen. »Weil ich eine Hexe bin, du Dummdussel!«

Sie beobachteten von ihrem Versteck aus, wie Dr. Scharfzahn mit knirschenden Schritten die gekieste Einfahrt hinunterging und den Pfad zum Strand einschlug.

»Oh nein!«, wisperte Paul. »Sie wird die Höhle mithilfe des Schatzdreiecks finden!«

»Nicht, wenn wir vor ihr da sind!« Klarinde nahm ihr Zauberbuch und begann darin zu blättern. »Und jetzt reiß dich zusammen. Wir dürfen keine Zeit verlieren. Wir brauchen eine schnelle magische Lösung!«

16

Der Reisezauber

Was suchst du eigentlich?«, fragte Paul, während Klarinde eine Seite nach der anderen umschlug.

»Einen Reisezauber für zwei.«

»Für zwei? Aber … Abgesehen von dem schützenden Schirmzauber hast du mich noch nie mit einem Zauber belegt.« Paul sah sie ängstlich an. »Tut das weh?«

»Vielleicht«, brummelte Klarinde und suchte weiter. »Ein bisschen.«

»Klarinde, ich weiß nicht so recht …«

»AHA!« Klarinde zeigte mit dem Finger auf eine Seite, ohne Paul zu beachten. »Hier ist er, auf Seite zweiunddreißig.« Sie zog ein Fläschchen selbst gemachte Walnusstinte aus der Tasche und verteilte sie kreisförmig in der Einfahrt.

In die Mitte des Kreises legte sie ein X aus zwei Zweigen. Dann holte sie einen alten roten Kescher aus ihrem Rucksack und breitete ihn darauf aus. Er war von langen Algensträngen durchzogen und stammte eindeutig aus dem Müll.

Paul beobachtete mit einem mulmigen Gefühl, was Klarinde tat. Er wusste nicht, was sie damit bewirken wollte.

»Wunderbarig!«, sagte Klarinde und klatschte in die Hände. »Ist doch toll, wenn man etwas wiederverwerten kann.« Dann schloss sie die Augen und flüsterte leise vor sich hin.

Magischer Zauber für zwei,
Möwen-Transport eilt herbei!
Eisieis und Potti mit Delle,
dieses X zeigt genau euch die Stelle.
Hexlein klein und ein Häusling fein
wollen schnell bei der Höhle sein!

Prompt kamen zwei Möwen aus den Wolken geflogen und segelten über den blauen Himmel. Sie verharrten einen Moment flatternd über Klarinde und Paul, bevor sie ihre gelben Beine ausstreckten und in der Einfahrt landeten.

Klarinde sah Paul an und zeigte auf das rote Plastiknetz. »Hopp, hopp, steig ein!«

Wenn Paul nicht so viel Angst gehabt hätte, hätte er gelacht. »Einsteigen? Ich passe doch nie und nimmer in dieses kleine –«

Plötzlich musste er rülpsen, und eine große Luftblase kam aus seinem Mund. Dann hatte er das Gefühl, sich von innen nach außen zu stülpen – wie der Sand, der in der Mitte einer Sanduhr nach unten rieselt. Sein Kopf füllte sich mit roten und gelben Funken, und dann wurde schlagartig alles schwarz.

Als Paul die Augen aufschlug, saß er neben Klarinde in dem roten Kescher und sah zwei riesige Möwen über sich. Zu seinem Entsetzen schienen sie so groß wie Busse geworden zu sein. Er wollte Klarinde gerade sagen, dass ihr Zauber misslungen war, als ihm dämmerte, dass die Vögel gar nicht größer geworden waren. Vielmehr waren er und Klarinde geschrumpft. Sie waren so klein wie Wäscheklammern! Klarinde gab ihm eine Fliegerbrille.

»Die setzt du am besten auf, du bist schließlich Anfänger«, sagte sie mit Piepsstimme, dann streckte sie die Arme in die Luft. »Los, ihr Möwen! Auf zur Höhle der Meerhexe – und zwar flott!«

Die Möwen nahmen gehorsam den Kescher in die Schnäbel und flogen los. Das Netz schaukelte wie eine Hängematte zwischen ihnen hin und her. »Gut festhalten, Paul!«, rief Klarinde kichernd über das Heulen des Windes

hinweg und passte auf, dass ihr nicht der Hut wegflog. »Sonst wirst du zu Fischfutter! Juhuuu!«

Als seine anfängliche Angst nachgelassen hatte, begann Paul den Flug zu genießen. Das tosende Meer unter ihnen glitzerte blausilbrig. Er konnte die weißen Wellenkämme sehen und spürte, wie der Wind ihm die Brille ins Gesicht drückte, während sie auf den Strand zusausten. Innerhalb von wenigen Minuten erreichten sie das Ammonitenpflaster. »Aber wo ist die Klappe?«, fragte Paul verunsichert, als sie darüber kreisten. »Heute sehen die Ammoniten irgendwie alle gleich aus.«

»Dahinten natürlich«, entgegnete Klarinde und zeigte auf den gesuchten Ammoniten. »Erkennst du ihn denn nicht? Ich dachte, du bist so ein großer Flossillenfreund! *Klingeling! Bitte anhalten!* Wir steigen hier aus. Danke, Möwen.«

Die Vögel setzten das Netz genau auf der Ammonitklappe ab. Klarinde und Paul kletterten heraus: zwei winzige, vom Wind zerzauste Wäscheklammern auf einem riesigen Stein.

Klarinde musterte Paul und schnalzte missbilligend mit der Zunge. »Also, das geht ja nun wirklich nicht.« Sie schnippte dreimal mit den Fingern und sagte:

Hexenhöhle, ganz famos,
mach uns wieder groß!

Und mit einem *Hicks*, einem *Schluck* und einem *Zisch* vom Scheitel bis zur Sohle hatten sie wieder ihre normale Größe. Klarinde stampfte kräftig mit dem Fuß auf die Klappe.

KLOPF! KLOPF! KLOPF!

Dann trat sie zurück, legte die Hände trichterförmig um den Mund und rief: »MEERHEXE! Wir sind es, Klarinde und Paul! Lass uns rein!«

Als keine Antwort kam, versuchte Klarinde es noch einmal.

»MÜRRISCHE MARGRET, HIER IST DEINE GUTE FREUNDIN KLARINDE!«

Nun ging die Klappe quietschend auf, und die Meerhexe streckte den Kopf heraus. Weil sie ihren Hut nicht aufhatte, waren die Eier in ihrem Haarnest gut zu sehen. Sie schaute die beiden erschrocken an – als hätten sie sie im Schlafanzug erwischt.

»Was willst du? Ich habe schon meinen besten Kuchen an dich verschwendet. Jeder weiß, dass der Eid nur einen Besuch gestattet. VERSCHWINDE!« Als sie die Klappe wieder zuknallen wollte, beugte sich Klarinde vor und flüsterte ihr etwas ins Ohr.

Die mürrische Margret hörte aufmerksam zu. Dabei blickte sie so finster drein, dass sich ihre Augenbrauen wie zwei Stricknadeln kreuzten. Schließlich machte sie die Klappe weit auf. »Dann kommt ihr wohl besser rein.«

17

Ein neuer Kleiderständer

Paul und Klarinde folgten der Meerhexe durch den feuchten Gang in die von Kerzen erhellte Höhle.

Die mürrische Margret nahm auf ihrem Thron Platz und legte sich eine große Muschelschale auf den Schoß. Während sie ihre geöffneten Hände darüberhielt, sprach sie eine Zauberformel:

Seepocken und Schnecken,
singt ein Lied,
Wasser im Becken,
zeig mir den Dieb!

Meerwasser begann aus ihren Händen in die Muschelschale zu fließen. Die Lichter des Kerzenleuchters spiegelten sich auf der gekräuselten Oberfläche. Als die Schale randvoll war, schaute die mürrische Margret hinein. »Ah, da ist sie!«

Paul beugte sich über die Muschel. Er konnte Florenzia Scharfzahn im Wasser sehen! Sie suchte den Strand nach Hinweisen ab und schaute dabei immer wieder auf den Zettel mit dem Schatzdreieck. Die mürrische Margret lehnte sich zurück. »Alles in Ordnung. Sie geht in die falsche Richtung. Und ein Schatzdreieck kann sowieso nur von magischen Wesen gelesen werden. Wir sind in Sicherheit. Hier kann uns nichts passieren.«

Paul stieß vor Erleichterung einen tiefen Seufzer aus. »Es tut mir wirklich sehr leid, dass ich dir das mit Dr. Scharfzahn nicht geglaubt habe«, sagte er und senkte beschämt den Kopf. »Ich … Ich bin in ihre Privatbibliothek geschlichen, und die war voll von Büchern über Drachen. Über Fossilien gab es kaum welche. Nicht zu fassen, dass sie den Basilisken als Waffe verkaufen will! Ich habe mich gewaltig in ihr getäuscht.«

»Schon gut«, sagte die Meerhexe und tätschelte ihm den Kopf. »Du bist nur ein dummes Häuslingsschoßtier – da kann man nicht erwarten, dass du solche wichtigen Dinge weißt. Immerhin beißt du nicht.«

Pauls Schuldgefühle ließen allmählich nach, und ein Lächeln huschte über sein Gesicht. »Äh … Wenn alles in Ordnung ist und keine Gefahr droht, könnte ich dann vielleicht noch einmal den Basilisken sehen?«, fragte er hoffnungsvoll. »Ich meine, so richtig sehen, ohne die Haube?« Die mürrische Margret warf Klarinde einen zweifelnden Blick zu. »Ist schon okay – ich habe keine Angst«, sagte Paul mutig. »Ich weiß, dass er mein Freund sein will.«

»Ach, jetzt mach schon, mürrische Margret!«, drängte Klarinde. »Du weißt, er hat recht. Sei kein Miesepeter! Wir fahren doch heute nach Hause.«

»Nun … Er hat wahrhaftig eine Schwäche für den Jungen. Aber es ist das letzte Mal!« Sie nahm zögernd den Ammoniten, der an ihrer Kette hing, und blies hinein. Der Basilisk kam sofort herbeigerannt. Er freute sich, Paul wiederzusehen.

»Hallo, mein Bester!«, rief Paul lachend, strich über die seidenweichen schillernden Federn des Hahnenwesens und legte die Arme um seinen Hals.

Der Basilisk gurrte und schnurrte, als Paul vorsichtig die Lederschnüre auf der Rückseite seiner Haube löste und sie ihm behutsam abnahm. Er blinzelte im hellen Kerzenschein und richtete den Blick auf den Jungen. Einen bangen Moment lang hielten alle die Luft an. Die blauen Augen des Drachen glichen funkelnden Saphiren, und ihre quecksilbrigen Pupillen blitzten wie Spiegelkugeln. Er legte den Kopf auf die eine Seite, dann auf die andere. Schließlich setzte er einen Fuß nach vorn und verbeugte sich huldvoll.

Paul verbeugte sich ebenfalls und sah ihm direkt in die Augen. »Schön, dich endlich richtig zu sehen, Herr Basilisk. Es ist mir eine Ehre, dein Freund zu sein.« Er streichelte den Drachen und bewunderte seine Schönheit. Es war ein magischer Moment, den er sein Leben lang nicht vergessen würde. Er wünschte, er würde niemals enden.

»Hallo?« Eine Stimme, die Paul schrecklich bekannt vorkam, hallte durch den Gang der Höhle. »Ist da jemand?« Der Basilisk zog sich verängstigt in die Dunkelheit zurück, und Paul ließ vor Schreck die Haube fallen.

Die mürrische Margret sprang erschrocken auf. Ihre Muschelschale fiel klappernd zu Boden, und das Wasser spritzte in alle Richtungen. »Wer da?«, zischte sie.

»Du hast doch die Klappe zugemacht, Paul, oder?« Klarinde sah Paul mit großen Augen an.

»ICH?«, rief Paul. »Du bist als Letzte reingekommen. Ich dachte, DU machst die Klappe zu!«

Aber es war zu spät, um herauszufinden, wer schuld war, denn am Eingang der Höhle stand – in Kerzenlicht getaucht – Dr. Florenzia Scharfzahn.

»Ich wusste es! Mein Urgroßvater hatte recht! Es stimmt wirklich!«, rief sie und riss ihre Augenklappe herunter, um besser sehen zu können. »Die alten Geschichten von der Drachenhöhle sind tatsächlich wahr!« Ihre Augen funkelten vor Begeisterung, als sie sich die Wandmalereien, die Fossilien und die Knochen anschaute. Dann erblickte sie die mürrische Margret.

»Eine Meerhexe mit Dracheneiern! Mit EIERN, in denen kleine DRACHEN heranwachsen!« Dr. Florenzia Scharfzahn lachte wie irr und drehte sich im Kreis. »Ich kann es nicht glauben! Meine kühnsten Träume sind endlich wahr geworden! Ich habe es ihnen ja gesagt, aber niemand hat mir geglaubt!« Sie reckte triumphierend die Arme in die Luft. »Und jetzt MÜSSEN sie mir alle glauben!«

Paul hoffte und betete, dass der Basilisk aus Angst vor dem Geschrei in seinem Versteck tief in der Höhle blieb. Dann hatte er eine schlaue Idee: Er würde einfach noch lauter schreien! Das hielt seinen Freund bestimmt davon ab, nach vorn zu kommen.

»SIE SIND EIN GANZ FURCHTBARER MENSCH, DR. SCHARFZAHN! SOGAR IHRE AUGENKLAPPE IST FALSCH!«, brüllte er. »SIE SIND EINE LÜGNERIN UND DIEBIN UND SCHUMMLERIN!«

»Er hat recht, das sind Sie wirklich«, stellte Klarinde sachlich fest und betrachtete ihre Fingernägel. »Haben Sie schon mal dran gedacht, Hexe zu werden?«

Dr. Scharfzahn bedachte Klarinde mit einem vernichtenden Blick. »*Du!* Du bist das Mädchen mit dem Haferbrei in der Hose und dem spitzen Hut. Ich wusste von Anfang an, dass mit dir etwas nicht stimmt.«

»Solche persönlichen Bemerklichungen sind sehr unhöflich!«, schimpfte Klarinde, zupfte eine Sandschnecke von ihrem Ohr und rieb ihr Gehäuse an ihrer Latzhose ab.

Paul ärgerte sich darüber, dass niemand seinen Bemühungen Beachtung zu schenken schien. »ICH SAGTE«, wiederholte er, »dass SIE eine VERBRECHERIN sind, die hinter Schloss und Riegel gehört! Sie waren meine Heldin. Ich dachte, Sie wären eine wunderbare Wissenschaftspiratin, aber Sie sind nur eine … eine miese

SEERÄUBERIN! Und Ihr alberner Hammerwettbewerb ist ein einziges falsches Spiel!« Er überlegte, was für ihn die schlimmste Beleidigung war. »Sie sind eine ganz hinterhältige, VERDORBENE WISSENSCHAFTLERIN!«

»Buuhuuu!«, machte Dr. Scharfzahn und grinste. »Als ob mich interessieren würde, was ein dummer kleiner Junge denkt! Ich werde reich, und darauf kommt es an.« Sie wandte sich der mürrischen Margret zu, die bis dahin überraschend still geblieben war. »Und jetzt, Meerhexe, fordere ich die Herausgabe deines Basilisken! Wo ist er?«

»Kann ich nicht sagen«, entgegnete die mürrische Margret und beugte sich vor. »Vielleicht möchtest du stattdessen eins von diesen kostbaren Dracheneiern haben?« Die Augen von Dr. Florenzia Scharfzahn funkelten vor Gier, als sie das Nest auf dem Kopf der Meerhexe betrachtete.

»NEIN! Tu es nicht, Margret!«, rief Paul entsetzt. »Sie wird nur Versuche damit anstellen! Oder eine gefährliche Waffe daraus machen! Du darfst ihr keins geben!«

»Endlich«, säuselte Dr. Scharfzahn, ohne Paul zu beachten, und streckte die Hände nach den Eiern aus. »Kommt zu mir, meine kleinen Baby-Drachen. Jetzt wird sich Mama Scharfzahn um euch kümmern.«

Doch in dem Moment, als sie die Eier berührte, ertönte aus dem hintersten Winkel der Höhle ein markerschütternder Schrei. Schwarzer beißender Rauch breitete sich aus, als der wütende Basilisk Feuer speiend aus dem Dunkel hervorkam. »Noch mal buuhuuu«, sagte die mürrische Margret feixend.

Eine glorreiche Sekunde lang hielt die Drachenjägerin halb schockiert, halb entzückt dem lodernden Blick des Basilisken stand. Dann knackte und knirschte es, und Dr. Florenzia Scharfzahn, Fossilienexpertin und Bestsellerautorin, erstarrte zu Stein.

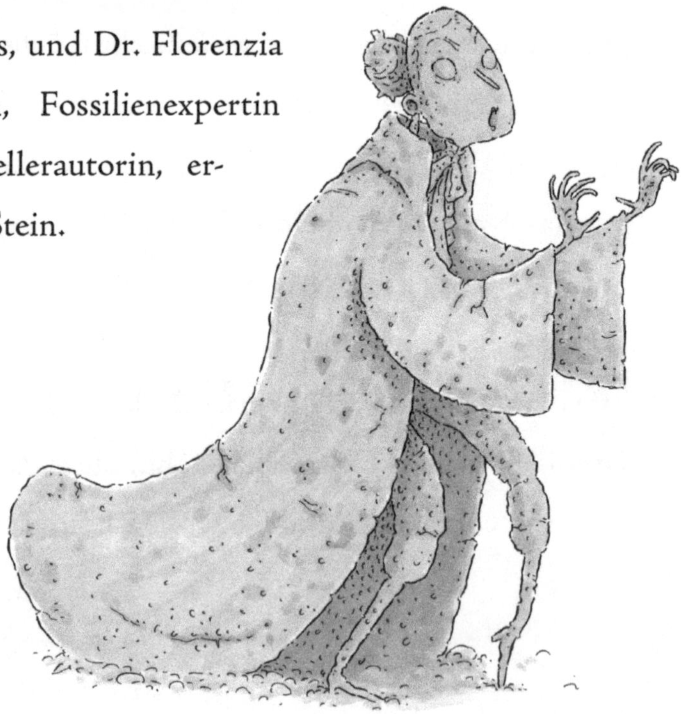

»Guck sich das einer an!«, meinte Klarinde. »Jetzt sieht sie selbst wie ein Flossil aus!« Sie betrachtete die Steinfigur aus der Nähe und schnupperte an ihr. »Aber einmal ein Stinkmorchel«, sagte sie naserümpfend, »immer ein Stinkmorchel!«

»Ende gut, alles gut«, stellte die mürrische Margret fest und setzte dem Basilisken seine Haube wieder auf. »Und wenn ihr nichts dagegen habt«, fuhr sie fort und scheuchte Klarinde und Paul zum Ausgang, »muss ich jetzt wirklich weitermachen. Ich habe viel zu tun.«

»Aber … Wir können doch nicht einfach so gehen!«, rief Paul über seine Schulter. »Ich muss mich noch ordentlich verabschieden!«

Ohne auf eine Erlaubnis zu warten, machte er kehrt, drängte sich an der Meerhexe vorbei und rannte zurück in die Höhle. Er schlang die Arme um den Hals des Basilisken, barg sein Gesicht in den warmen Daunen und atmete seinen rauchigen Geruch ein. »Lebe wohl, mein Freund«, flüsterte er ihm zu. »Ich wünschte, wir hätten mehr Zeit miteinander gehabt.« Der Drache fuhr Paul mit dem Schnabel durch die Haare und gluckste traurig. »Ich werde dich nie vergessen, Herr Basilisk.«

Die Miene der mürrischen Margret hellte sich kurz auf, wie wenn die Sonne für einen Moment durch die Wolken bricht. Dann riss sie sich jedoch zusammen, packte Paul am Ellbogen und führte ihn aus der Höhle.

»Was soll ich denn den anderen in Haus Drachenfels sagen?«, fragte er.

Die mürrische Margret trieb Paul und Klarinde unbeirrt durch den Gang zur Klappe. »Margret«, sagte Paul, als sie dort ankamen. »Was machst du mit Dr. Scharfzahn?«

»Hört dein Häuslingsschoßtier eigentlich nie auf zu fragen, Baumhexe? Seepocke noch mal, das ist ja nicht zum Aushalten!« Die Meerhexe verdrehte die Augen und seufzte. »Wenn du es unbedingt wissen willst: Ich suche schon länger nach einem neuen Kleiderständer, und eine versteinerte Scharfzahn ist bestens dafür geeignet.« Sie beförderte die beiden mit einem kräftigen Schubs aus der Klappe. »Und jetzt verschwindet, und zwar zack, zack! Beeilt euch. Auf Nimmerwiedersehen!« Damit knallte sie die Ammonitklappe zu und verriegelte sie von innen. Als sie den Gang hinunterschlurfte, hörten Paul und Klarinde noch ihre Abschiedsworte: »Macht euch auf nach Hause!«

18

Nachwort

Nach der Rückkehr von dem Schulausflug öffnete Paul die alte Holztür zum Garten von Haus Krähenhorst. Er merkte sofort, dass der Garten richtig gute Laune hatte: Die Blätter der Bäume flatterten fröhlich im Wind, und an den Wegrändern wiegten sich glückselig rote Mohnblumen, weiße Margeriten und orangegelbe Ringelblumen. Er freute sich offensichtlich sehr, Klarinde wiederzuhaben.

»Ah!«, rief Klarinde, als sie Paul erblickte. »Da bist du ja! Ich erzähle gerade noch mal die Geschichte *Was ich auf dem Schulausflug erlebt habe*. Du kommst gerade rechtzeitig, um das Kapitel *Die Meeresküste* zu hören. Nimm Platz und mache es dir bequemlich.«

Sie saß in ihrem Tümpel, an dem sich ein aufmerksames Publikum aus Spatzen, Krähen, Elstern, Tauben und Eulen versammelt hatte. Das trübe Wasser reichte ihr bis zum Bauch, und sie trug wieder den schlabberigen Badeanzug aus dem Museum. Paul hatte sie zwar aufgefordert, ihn zurückzugeben, aber das hatte Klarinde rundweg abgelehnt.

»Die Meeresküste«, begann sie, »ist ein ungewöhnlicher Ort, wie ihr ihn noch nie gesehen habt. Erst mal gibt es da komische salzige Winde und Nebel. Und außerdem gibt es da Seesterne und Kissensterne und Butterfische, leckerliches Eisieis, Messermuscheln und singende Muscheln. Der salzige Wind ist sehr erfrischlich.«

Die Tauben gurrten voll Staunen, und die Spatzen zwitscherten aufgeregt.

»Aber …« Klarinde seufzte. »Alles in allem muss ich sagen, die Bäume sind zu dornig, der Sand gerät an die unangenehmsten Stellen, und am Rand ist die Küste ziemlich nass.« Sie fischte einen Molch aus ihrem Badeanzug. »Es war allerdings interessant, eine Meerhexe kennenzulernen, obwohl ihr Zuhause nicht halb so hübsch ist wie meins.« Sie kniff die Augen zusammen, als sie sich an die Begegnung erinnerte. »Und ich muss sagen, der Kuchen war grottenschlecht.«

»Eisieis und Butterfische, Muscheln und Seesterne? Ist das alles?« Paul lachte. Er setzte sich an den Rand des Tümpels, zog seine Schuhe und Socken aus und tauchte seine Füße in das kühle grünliche Wasser. »Willst du ihnen denn nicht von dem *Drachen* erzählen?«

Klarinde schloss die Augen und hielt ihr Gesicht in die Sonne. »Von welchem Drachen? Was redest du da, Paul? Ich habe keine Ahnung, was du meinst.«

Paul planschte lachend mit den Füßen. »Haha, sehr witzig! Du weißt schon – die Eier? Die Meerhöhle? *Mein Freund, der Basilisk?*«

»Für einen Häusling hast du wirklich eine blühende Fantasie!«, entgegnete sie. »Aber ernsthaft, du darfst nicht so einen Unsinn verbreiten. Stell dir vor, die Leute würden an Drachen glauben! Das wäre ziemlich dumm und unwissenschaftlich. Jeder weiß, dass es keine Drachen gibt. Es gibt nur jede Menge Geschichten über sie.«

Paul machte ein langes Gesicht. »Aber … Aber Klarinde, es *gibt* Drachen! Du hast es selbst gesehen. Wir waren doch in der Höhle!«

Klarinde kletterte aus dem Tümpel und schüttelte sich wie eine nasse Katze. »Schon besser«, sagte sie. »Schön kühl. Weißt du, Paul, es gibt kein falsches Wetter, nur falsche Kleidung!« Sie griff in ihren Rucksack. »Übrigens, das hat vorhin eine Möwe vorbeigebracht. Da ist dein Name drauf.«

Sie holte einen großen braunen Umschlag hervor. Darauf stand:

Als Paul ihn öffnete und hineingriff, berührten seine Fingerspitzen etwas Weiches. Dann zog er eine lange, gold- und silberumrandete Feder heraus, die in allen Regenbogenfarben schillerte.

»Die ist von der mürrischen Margret!«, rief er. Als er sie staunend hochhielt, glänzte sie im Sonnenlicht und funkelte vor Magie. »Tausendmal besser als ein Fossilienhammer!«, sagte er strahlend. Er konnte sein Glück kaum fassen.

»Von einem exotischen Fogel, vielleicht vom Hamazonas«, sagte Klarinde. »Möglicherweise von einem Sonnentaucher oder einem Sternengoldpfeifer, aber ganz gewisslich nicht von einem Drachen.« Sie zwinkerte ihm überdeutlich zu. »Falls jemand fragt.«

Als sie sich eine Wasserpflanze aus ihren verfilzten Haaren zog, knurrte ihr auf einmal der Magen. »Eisieis ist ja gut und schön«, sagte sie, »aber die Himbeerschnitten von Frau Mama sind viel leckerlicher!«

Sie sah sich im Garten um, schaute zu ihrem Baum auf und dann zum Haus. »Weißt du, Paul, ich glaube, ich werde nicht so bald noch einmal wegfahren. Das Reisen überlasse ich lieber den Fögeln.«

Damit hüpfte Klarinde tropfnass zum Haus. Sie hinterließ eine Spur aus kleinen Pfützen und sang laut und fröhlich ein Lied:

»Salat aus Algen und Seestern im Sand,
Muscheln mit Kamm und Flossillen im Stein,
wo immer ich war,
was immer ich fand,
mein Heim
wird immer
das Liebste
mir sein!«

EXTRAS

DIE KÜSTEN-ZEITUNG

DRAMA AUF DEN KLIPPEN

Heute stürzte bei einem dramatischen Erdrutsch Haus Drachenfels ins Meer. Es war seit Generationen Sitz der Familie Scharfzahn. Während eines kräftigen Sommergewitters riss eine Riesenwelle einen Teil der Klippen mitsamt dem Haus in die Tiefe. Kurz zuvor war eine Schulklasse dort zu Gast, aber zum Glück war das Haus am Tag des Unglücks leer, und niemand wurde verletzt. Interessanterweise förderte der Erdrutsch das Skelett einer bisher unbekannten Dinosaurierart zutage. Es soll in das Museum für Naturgeschichte gebracht werden.

Auf Fragen der Presse sagte eine ältere einheimische Dame: »So eine Welle hat die Welt noch nie gesehen. Es war, als ob sie von einer zornigen Meerhexe heraufbeschworen wurde. Und jetzt verschwinden Sie!«

Die Besitzerin des Anwesens Dr. Florenzia Scharfzahn stand nicht für einen Kommentar zur Verfügung.

Zauberspruch zur Herbeirufung der neunten Welle

1 Für einen Drachen,
2 für eine Petze,
3 für einen Jungen,
4 für eine Hexe,
5 für einen Pfiff,
6 für den Mut,
7 für ein Geheimnis,
das bleibt unter dem Hut;
8 für einen Wunsch
in der Meerhexe Herzen;
die neunte Welle komme herbei,
um das Haus endgültig zu stürzen.

Jahreszeitenwechsel-Zauber

Ein eisiger Windstoß,
eine Böe bestellt,
ein Fetzen Nebel,
der Würfel fällt.
Laub eben noch grün, jetzt schon braun,
der Sommer ist auf den Kopf gestellt.

Zauberspruch zur Verwandlung einer Möwe in ein Würstelchen

Sie schreit und sie lacht,
ist grau und weiß
und zum Fliegen gemacht.
Möwe am Himmel,
schon brutzelt es sacht,
wie köstlich, haha,
das hat's ihr gebracht!

Praktische Tipps, wie dein Badeanzug kuschelig weich bleibt

1. In Regenwasser waschen
2. Den Sturmwolf im warmen Wind damit herumsausen lassen
3. Löcher können von Fögeln mit Dachshaaren gestopft werden.
4. Achtung: Bloß keine Igel darin schlafen lassen!

Klarindes Mitbringsel von dem Ausflug

Muscheln

Kieselsteine

Treibholz

Erstklassiger Profi-Pickhammer

Klarindes Lieblings-Eisieis-Sorten

Erdbeere

Salzkaramell

Vanille

Honig

Himbeere

(Rum-Rosinen-Eisieis ist schlimmer als Madenmarmelade. NUR für Möwen!)

Meerhexen im Adressbuch der mürrischen Margret

Klagende Klara

Höhle der Verzweiflung

Shetlandinseln

Brausende Barbara

Launische Bucht

Cornwall

Wimmernde Wilma

Sorgengrotte

Norfolk

Grimmige Grete

Schlammloch

Themsebrücke, London

Verdrossene Vera

Seufzerhöhle

Wales

Lustige Meer-Witze

Was passiert mit einem weißen Stein, den man ins Schwarze Meer wirft?

Er wird nass.

Wo macht ein Skelett Urlaub?

Am Toten Meer

Was liegt am Strand und redet undeutlich?

Eine Nuschel

Wie kann man Wasser in einem Sieb tragen?

Indem man es gefrieren lässt

Womit frisiert sich das Meer?

Mit einem Wellenkamm

Liebe Klettenhexe,

ich schreibe, um dir zu sagen, dass ich demnächst aus dem Dachsgefängnis komme.
Ich habe hier viele Dinge gelernt: etwas aus meinen Haaren stricken, gesund mit Würmern kochen und ein verantwortungsbewusster Gartenbewohner sein.
Bitte sag den Eichhörnchen, dass ich nicht vergessen habe, wer mich an die Dachspolizei verraten hat.
Bis bald also!

Liebe Grüße
Meister Brummbart

Anne Barns & Christin-Marie Below
Mirella Manusch, Band 1:
Hilfe, mein Kater kann sprechen!
€ 12,00, Hardcover
ISBN 978-3-505-14396-0
Ab 8 Jahren

Die kleine Vampirin rettet die Tiere!

Mein Name ist Mirella, Mirella Manusch. Ich bin fast zehn Jahre alt und habe gerade erst einen neuen Eckzahn bekommen. Seitdem weiß ich: Ich bin ein Vampirmädchen. Ja, echt! Wenn die Sonne untergegangen ist, kann ich mich in eine Fledermaus verwandeln und fliegen. Außerdem habe ich einen eigenen Beschützer, meinen Kater Langstrumpf, der eigentlich Lancelot heißt. Und das Allercoolste: Ich kann die Sprache der Tiere verstehen, von Kleinkram wie Spinnen und Motten mal abgesehen. Abgefahren, oder? So kommt es auch, dass ich die Sorgen der Tiere in unserem Zoo kennenlerne. Ist doch klar, dass ich da helfen will, oder? Nur das mit der Geheimhaltung ist manchmal verflixt kompliziert …

Claire Barker
Paul und die Klettenhexe
Band 1
€ 12,00, Hardcover
ISBN 978-3-505-14289-5
Ab 9 Jahren

Die Klettenhexe Klarinde wohnt im hinteren Teil des verwilderten Gartens auf einem alten Walnussbaum. Sie liebt Unfug, spielt anderen gern Streiche und hat eine Schwäche für Kuchen.

Zum Pech für Superhirn und Musterschüler Paul hat sie sich nun ausgerechnet ihn als neuen besten Freund ausgesucht ... Paul merkt schnell: So eine Klettenhexe kann dein Leben ganz schön durcheinanderwirbeln!

Leseprobe

AMALIA VON FLATTER

Wer hat Angst vor Einhörnern?

Das Strahletal
Der Märchenwald
Die brillant
Berge
Der Fris
see
Der Wunschbrunnen
der guten Brunnenwünsche
Die Lichtung der Liebenden
Die
Bienchen-
und-
Blümchen-
Wiese
Das
Königreich des Lichts
Der Versteinerte Wald

Der Über-Fluss
Die Zwerggärten
Die Regenbogenbahn
Der heitere Hafen
Die Stadt
Der Erdbeerbach
Glitzeropolis
Grenze zum Königreich der Nacht

Gruselige Grüße von ...

MAG:
Seine neuen Freunde Amalia, Flora und Todd

MAG NICHT:
Einen leeren Magen

MÖGEN:
Umarmungen und Zungenbrechersandwiches

MÖGEN NICHT:
Früh ins Bett gehen

MÖGEN:
Abenteuer mit Amalia

MÖGEN NICHT:
Unhöfliche Wunschbrunnen

MAG:
Das Spiel *Monsteropoly*

MAG NICHT:
Eingebrannte Schleimreste

MAG:
Glitzer und ihre Familie

MAG NICHT:
Fliegende Pilze

MAG:
Regenbögen
Ums Lagerfeuer hopsen

MAG NICHT:
Flaumlinge

MAG:
Starke, unabhängige Einhörner

MAG NICHT:
Wesen der Nacht

KAPITEL 1

WARUM MUFF ICH DAF EINHORN FEIN?

QUIIIIIIIIIIEEEEEEEEEEEEEEEEEEEK!, quiekte der Kürbiswecker beim ersten Sonnenstrahl.

Amalia von Flatter streckte sich und kletterte aus ihrem Sarg. Ihr Hauskürbis Kürbinian hüpfte aufgeregt herum und schleckte allen übers Gesicht.

»Grinsender Grottenolm.« Amalia gähnte. »Wie kannst du so früh schon so wach sein?«

»VERFLIKFTE FEE!«, stöhnte Flora Zottelzeh und drehte sich noch einmal um. Amalias beste Freundin gehörte zu einer seltenen Yeti-Art und war ganz eindeutig *kein* Monster.

»Müssen wir wirklich schon aufstehen?« Todd Schnitters zog sich die Kapuze seines Umhangs über die Augen. Er war der leibhaftige Tod, aber bis er etwas älter war, kümmerte er sich nur um das Ableben kleinerer Wesen. Die übleren Fälle überließ er seinem Papa Mors.

Die Kinder im Königreich der Nacht hatten Halloweenferien, und die Sonne ging gerade auf, was bedeutete, dass alle Wesen in Nokturnia und den furchtbaren Vororten friedlich im Bett lagen – alle außer Amalia und ihre Freunde. Die wollten sich nämlich zu einem großen Abenteuer ins Königreich des Lichts aufmachen.

»FLORA«, rief Prinz Marillo Melusin Morgentau der Erste und klatschte zweimal in die Hände. »Ich verlange Frühstück!«

Flora ballte die gewaltigen, haarigen Fäuste. »KLATSCH MICH GEFÄLLIGFT NICHT AN!«

»Marillo«, schaltete Amalia sich seufzend ein, »du sollst uns doch nicht herumkommandieren.«

»'tschuldigung«, sagte Marillo kleinlaut. »Das vergesse ich immer. Kann ich nicht wenigstens ein klitzekleines bisschen kommandieren?«

»Nein!« Amalia lachte. »Unter Freunden kommandiert man nicht.«

»Unter-Tanen schon.« Marillo grinste.

»Wir sind deine Freunde«, wiederholte Amalia. »Frrreunde!«

Marillo holte tief Luft. »Frrr...«, setzte er an. »Frrr...« Er fuhr sich über die Stirn. »Frrreunde und Helfer?«, fragte er, sichtlich stolz auf sich.

Amalia schnaubte. »Hmpf. Na ja, fast.«

Als sie Marillo kennengelernt hatte, war er ziemlich gemein zu ihr gewesen und hatte sogar Kürbinian gestohlen. Aber eigentlich war er nur einsam gewesen. Er hatte keinen einzigen Freund gehabt, bloß die Mumienmägde im Palast. Seine Mutter, eine Fee namens Morgentau, war unter geheimnisvollen Umständen verschwunden, als Marillo noch ganz klein gewesen war. Sein Vater, König Vladimir, war darüber so traurig gewesen, dass er jede freie Minute damit verbracht hatte, nach ihr zu suchen, und dabei sein Königreich und seinen Sohn vernachlässigt hatte. So war Prinz Marillo zu einem verwöhnten Früchtchen herangewachsen, das es für völlig normal gehalten hatte, anderen Leuten das Haustier wegzunehmen. Und die Tatsache, dass er halb Vampir, halb Fee war, hätte die meisten Wesen der Nacht in Angst und Schrecken versetzt, weshalb sie ein wohlgehütetes Geheimnis war.

Doch Amalia hatte inzwischen herausgefunden, dass die Wesen des Lichts gar nicht so furchterregend waren, wie man ihnen beigebracht hatte. In Wahrheit klauten Feen einem nicht die Fangzähne, und Einhörner beschossen auch niemanden mit Lasersonnenstrahlen aus ihren Hintern.

»Ich bin sooo müde … Ich schaffe es bestimmt nicht, den ganzen Tag wach zu bleiben«, klagte Todd.

»Du gewöhnst dich bald dran«, versicherte Amalia ihm.

Als sie die große Treppe der Villa von Flatter erreichten, schallte lautes Gelächter zu ihnen herauf, gefolgt von einem dröhnenden Rülpser. Amalias Vater, Graf Drakon der Dritte, kam mit dem Po voraus aus dem Speisezimmer geschwebt.

»Hurraaa!«, rief er. »Ich habe gewonnen! Ich habe dich ins Grab gesteckt, bin über die Trollbrücke gegangen und habe zweihundert Koboldglibberpunkte eingezogen!«

König Vladimir segelte hicksend in Richtung Decke. »Falsch, mein alter Flügelknabe.« RÜLPS. »Ich war längst AUF der Trollbrücke, weil ich meine Wolfsgeheulkarte mit dem letzten Blitzschlag-Bonuspunkt kombiniert habe.«

»Ha, ihr habt beide verloren! Ich habe die Karte der totalen Finsternis, seht ihr?« Amalias Mutter, Gräfin Frivoletta, schwenkte den kunstvoll bemalten Beweis durch die Luft.

»Eifriges Einhorn!«, riefen der Graf und König Vladimir gleichzeitig aus. Dann umarmten sie einander und trudelten einmal im Kreis, ehe sie wieder zu Boden sanken.

»Mum!«, rief Amalia vom Treppenabsatz. »Wisst ihr eigentlich, wie spät es ist? Die Sonne ist schon aufgegangen.«

»Kreuchende Kröten, du hast recht!«, kreischte die Gräfin. »Diese Runde *Monsteropoly* war so spannend, dass wir gar nicht gemerkt haben, wie die Zeit verfliegt.« Sie und die beiden Männer wankten auf die Treppe zu.

Seit Amalia und ihre Freunde angeboten hatten, den König bei der Suche nach seiner Frau zu unterstützen, war er sehr viel fröhlicher geworden. Er hatte das Königreich des Lichts so lange allein durchkämmt. Jetzt hatte er Hilfe und, was noch wichtiger war, *Hoffnung*.

In Vorbereitung auf die gefährliche Reise hatte Gräfin Frivoletta Amalia, Flora, Todd und dem König raffinierte Kostüme genäht, mit denen sie sich tarnen konnten. Die Wesen des Lichts hielten Vampire nämlich für böse Blutsauger und Yetis für kaltblütige Knochenbrecher.

Kürbinian, der als großes Gänseblümchen verkleidet war, hüpfte aufgeregt herum, während Amalia sich in ihrem Feenkostüm um die eigene Achse drehte.

»Nicht übel …« Sie bewunderte ihre glitzernden Flügel. »Aber bin ich für eine Fee nicht ein bisschen zu groß?«

»Unkenfug«, meinte König Vladimir. »Feen gibt es in allen Größen und Staturen. Manche sind eher kräftig, andere zierlich und klitzeklein. Meine Morgentau war ungefähr so groß wie mein Arm. Eine tolle Größe zum Knuddeln.« Er lächelte.

»WARUM MUFF ICH DAF EINHORN FEIN?« Flora rückte ihr Horn gerade, während Todd nervös seinen Engelskatzenschwanz beäugte.

Marillo betrachtete seine (echten) Feenflügel in einem der vielen Spiegel der Gräfin. »Ich sehe *toll* aus!«, rief er. »Dad, hast du dich auch verkleidet, als du allein Mums Spur verfolgt hast?«

»Ich habe es versucht«, antwortete der König. »Aber ich hatte niemanden, der mir hilft, und wenn es ums Nähen geht, habe ich zwei linke Hände. Mein Einhornanzug ist mitten im Märchenwald auseinandergefallen, also saß ich dort fest, und zwar … hm, wie drücke ich das am besten aus?« Der König machte eine Pause. »Splitterfasernackt.«

Alle prusteten los. »IM ADAMFKOFTÜM!«, bellte Flora und rammte die Faust in die Wand, was ein tiefes Loch hinterließ.

»Ja, ja, sehr witzig.« König Vladimirs normalerweise totenbleiche Wangen färbten sich rot.

»Aber ... hätten die Mumienmägde Euch keine Verkleidung nähen können?«, stieß Amalia kichernd hervor.

»Pah!« Jetzt gluckste selbst der König. »Hast du je eine Mumienmagd an einer Nähmaschine gesehen? Die würden sich die eigenen Gliedmaßen aneinandernähen!«

»Keine Bange, Eure Hoheit. Mein Kostüm für Euch fällt ganz bestimmt nicht auseinander.« Strahlend reichte Gräfin Frivoletta ihm ein Paar gepunktete Flügel.

»Ähm …« Der König musterte sie skeptisch. »Soll das ein Marienkäfer sein?«

»Genau.« Die Gräfin nickte stolz. »Ein grässlicher, grauenerregender Marienkäfer.«

»Hm, ob das bei meiner Größe so überzeugend ist?«, murmelte der König, während er sein Kostüm überstreifte.

Du bist tooot, du bist tot, von Kopf bis Fuß mi-ma-mausetot, schrie Todds schreiPhone und ließ ihn wissen, dass irgendein armes Wesen seine Dienste benötigte.

»Ich bezweifle, dass du im Königreich des Lichts Empfang hast«, meinte König Vladimir. »Aber dein Papa Mors richtet dir aus, dass er sich um die plattgefahrenen Kröten kümmert, solange du weg bist.«

»Danke, Eure Hoheit.« Todd reichte das schreiPhone Gräfin Frivoletta, die es einsteckte und dann ihre Tochter umarmte. Der Geruch ihres Schneckenschleimparfüms raubte Amalia fast den Atem.

»Sei vorsichtig da draußen, ja, mein kleiner Garstling?«

»Bin ich, Mum.« Amalia lächelte.

»AUFERDEM HABEN WIR JA UNFEREN RIEFENMARIENKÄFER DABEI – WAF FOLL DA SCHON PAFFIEREN?« Flora grunzte.

»Und bitte nicht vergessen: Solltet ihr im Königreich des Lichts irgendwelche Kreuzworträtsel entdecken, bringt sie mir mit«, sagte Graf Drakon. »Ich freue mich auf neue Herausforderungen!«

»Marillo, hast du die Landkarte?«, fragte der König.

»Die hab ich Flora gegeben. Sie mag Karten.« Marillo wurde rot.

»KEINE FORGE, ICH PAFF GUT DRAUF AUF«, rief Flora. »DIE KARTE IF IN MEINEM EINHORNHORN.«

»Sehr schön.« Der König zog ein Stück Regenbogenpergament unter seinem Marienkäferflügel hervor – den einzigen Hinweis, den er nach Morgentaus Verschwinden im versteinerten Wald gefunden hatte.

GLITZEROPOLIS – die Stadt, in der immer die Sonne scheint und all deine Träume wahr werden,

stand da in glitzernden Buchstaben.

»Dann nichts wie los. Auf nach Glitzeropolis!«

»Wo steckt nur die richtige Tür?«, murmelte Gräfin Frivoletta.

Die Türen der Villa von Flatter verschoben sich oft. Um herauszubekommen, welche wohin führte, brauchte man viel Erfahrung – und ein Quäntchen Glück.

»Ah, da ist sie ja!« Die Gräfin deutete auf eine efeubedeckte Holztür. »Die dürfte euch zum Rand des versteinerten Waldes bringen, wenn ich mich nicht irre. Und laut der Karte des Königs …«

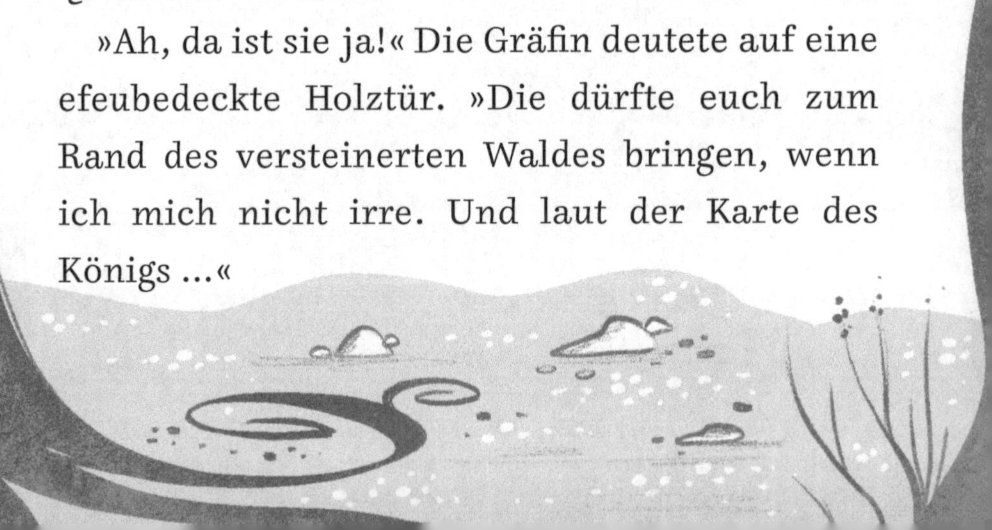

»LIEGT DAF KÖNIGREICH DEF LICHTF DIREKT DAHINTER«, beendete Flora ihren Satz.

»Okay, los geht's.« Amalia öffnete die Tür und tätschelte Kürbinian, der auf ihrem Kopf saß, beruhigend den Bauch.

König Vladimir zauste Marillo das Haar. »Komm, mein Sohn. Finden wir deine Mutter!«

Leseprobe

HILFE, MEINE ELTERN HABEN MEINEN GEBURTSTAG GESTRICHEN!

KAPITEL EINS

DER STURZ!

Alles fing damit an, dass ein Schwein vom Dach stürzte.

Nicht irgendein Schwein. Unser Schwein Mini.

Mini gehörte meiner Schwester Meg. Mini war ein Zwergschwein, also ein besonders süßes, kleines Schwein. Zumindest hat das der Mann gesagt, bei dem wir sie gekauft haben. »Oh, sie wird auf keinen Fall größer als ein Mops«, sagte er. Aber Mini wuchs weiter.

Sie wurde größer als ein Mops.

Größer als ein Spaniel.

Größer als ein Labrador.

Immer größer und größer, bis sie so groß war wie ein normales Hausschwein. Und die sind erstaunlich GROSS. Und wiegen eine Menge.

Weil sie so riesig war, konnte Mini nicht bei uns im Haus leben, wie Meg es eigentlich geplant hatte, und unser Garten war zu klein. Am Ende beschloss Dad, ihr auf dem Garagendach ein Zuhause herzurichten. Er umzäunte das Dach und baute einen kleinen Schweinestall darauf. Einmal in der Woche stieg er durch das Badezimmerfenster auf das Dach und mistete aus, das heißt, er schaufelte die ganze Schweinekacke und das schmutzige Stroh vom Dach hinunter.

Diese Arbeit machte Dad am wenigsten Spaß. Währenddessen fluchte er immer, wenn auch mit selbst ausgedachten Wörtern. Das ist so sein Ding. Er denkt, wenn er keine normalen Schimpfwörter benutzt, wäre er ein guter Vater. Hätte man im Garten gestanden, hätte man ihn **Bumpf!** und **Zunk!** rufen gehört. Aber eigentlich steht man besser nicht im Garten, wenn er ausmistet. Zu gefährlich.

Jedenfalls war es ein Sonntag. Ein ganz normaler Sonntag, dachte ich. Aber ich täuschte mich gewaltig.

Wir saßen alle im Garten: ich, Mum, Dad und Meg und meine Oma Maureen mit ihrem winzigen

Chihuahua Margherita. Oma hatte sich erst vor Kurzem wieder die Haare gefärbt, diesmal blau mit lila Spitzen. Sie war gerade bei einer Veranstaltung des Wundersamen Walters gewesen. Der Wundersame Walter konnte mit Toten reden. Jemand aus dem Publikum bat ihn, herauszufinden, ob es dem verstorbenen Onkel Bill gut gehe, und er kontaktierte den Onkel und gab eine Nachricht von ihm weiter. »Bill lässt ausrichten, Sie sollen sich keine Sorgen machen, es geht ihm gut, und er trägt seine Lieblingssocken« oder so was in der Art. Dad sagte, für ihn klinge das nach einer Menge **Suselwusel**, und ich fand das auch, sagte aber nichts.

Die Erwachsenen tranken Tee, und Meg und ich saßen auf dem Rasen und aßen Omas berühmten veganen Carobkuchen. Dad sagt, man könne damit Autobrücken nach einem Erdbeben reparieren, aber etwas anderes hatten wir nun mal nicht.

Alles war normal. Normal, normal, in Ordnung, in Ordnung, in Ordnung, ein ganz gewöhnlicher Augustsonntag. Meine Oma war bei einem Medium gewesen, Dad macht sich mit ausgedachten Kraftausdrücken über sie lustig – alles ganz super, toll, normal, und dann ... **knack!**

Etwas hatte geknackt.

Und dann ... **rums!**

Etwas hatte gerumst.

Ziemlich heftig. Es war ein echt krasser, fetter **Rums**.

Wir alle sprangen erschrocken auf. Und Meg rief: »Mini!«

Das war es, was den kolossalen Krach verursacht hatte. Es war das Geräusch eines vom Dach fallenden Schweines gewesen.

Wir rannten zu ihr. Alle riefen durcheinander: »Mini, bist du verletzt?« Alle außer Oma. Sie rief: »Margherita, wo bist du?«

Ich schaute mich um. Margherita war verschwunden.

War sie aus Angst vor dem stürzenden Schwein weggelaufen?

War sie im Haus?

Auf der Straße?

Wo war sie bloß?

Wo war ... Und dann kam uns allen gleichzeitig derselbe Gedanke.

Oh nein!

Mum sah Dad an. Ihre Augen waren so groß wie unsere Pizzateller. Dad murmelte **Spanoffel,** Meg zwirbelte nervös an einer Haarsträhne herum. Dann stand Mini auf. Dad rang nach Luft. Oma schrie.

Und dann ... **rums!**

Ein weiterer Rums, etwas weniger gewaltig als der Fallendes-Schwein-Rums, aber immer noch ziemlich heftig.

Ein Oma-fällt-um-Rums.

Da war Margherita also. Sie war nicht davongelaufen – zu ihrem Pech. Sie war auf der Terrasse gewesen, und Mini war direkt auf sie gestürzt. Wie groß war die Wahrscheinlichkeit, dass das passieren würde? Aber jetzt war keine Zeit, das auszuknobeln. Oma war in Ohnmacht gefallen! Mum lief zu ihr, und ich sah, wie Dad eine große Unterhose von der Wäscheleine nahm und über die Stelle breitete, wo Mini aufgekommen war.

Er wandte sich an mich. »Tom, hol irgendwas, Himmel noch mal«, sagte er. »Irgendwas, das groß genug ist für einen zweidimensionalen Chihuahua.«

»Was?«, gab ich verwirrt zurück.

»Für Margherita!«, sagte er. »Sie ist völlig platt. Ich brauche einen Karton oder so etwas für sie.«

Ich war noch nie gebeten worden, einen Behälter für einen platt gequetschten Hund zu suchen. Es brachte mich ein wenig ins Schleudern, wenn ich ehrlich bin. Rasch durchsuchte ich die Küchenschränke: Eisbecher, Butterbrotdosen ... Nichts schien mir passend zu sein.

Verflucht!

Ich rannte in mein Zimmer und leerte mein Lego aus dem alten Schuhkarton, in dem ich es aufbewahrte.

»Geht der?«, fragte ich Dad und gab ihm den Karton. Er probierte, die flache Margherita in den Karton zu bekommen. Ich sah nicht hin, aber ich merkte, dass er Schwierigkeiten hatte. Er fluchte leise und schwitzte.

★

»Zumblum!«, sagte er. »Zu klein. Wir brauchen etwas Breiteres. Der Hund ist flach wie ein Pfannkuchen. Kaum zu glauben, dass ein Chihuahua sich derart breitmachen kann.«

Ich lief wieder ins Haus und durchwühlte den Recyclingmüll. Perfekt – ein Pizzakarton.

»Perfekt«, sagte Dad. »Ein Pizzakarton.«

Als Dad den Hund hineinlegte, fiel mir auf, dass in dem Karton tatsächlich eine Pizza Margherita gewesen war. Und nun lag Margherita, der Hund, da drin. Das nennt man Ironie. Ich sagte nichts.

Dad gab mir den Karton.

»Sieh zu, dass du den loswirst«, sagte er.

Das hatte ich auch noch nie machen müssen, einen zerquetschten Hund loswerden. Im Garten gab es keine Stelle, wo ich einen Karton in der Größe vergraben konnte – zum einen war der Garten zu klein, zum anderen bestand er hauptsächlich aus Terrasse.

Ich lief auf die Straße. Und hatte eine Idee. Am Ende der Straße gab es einen Kindergarten. Er war wegen der Sommerferien geschlossen. Super. Ich sprang über den Zaun und vergrub den Karton im Sandkasten. Schön tief. Wenn die Kinder im September wieder dort spielten, würde längst alles verrottet sein.

Ich rannte zurück nach Hause. Davor stand ein Krankenwagen. Die Sanitäter halfen Oma hinein. Sie wandte sich an mich. »Mein Baby!«

So hatte Oma mich nun wirklich noch nie genannt. Vielleicht hatte sie sich beim Sturz den Kopf gestoßen.

»Ja, ja, ich bin dein Baby«, sagte ich und versuchte, nett und beruhigend zu klingen.

»Wo ist mein Baby?«, jammerte sie.

Da begriff ich. Sie meinte Margherita. Ich wusste nicht, was ich antworten sollte. Die Wahrheit konnte ich ihr unmöglich sagen – Margherita befindet sich in einem Pizzakarton im Sandkasten des »Strahlende Zukunft«-Kindergartens. Das würde sie auf jeden Fall aufregen.

Also sagte ich nichts. Die Türen des Krankenwagens wurden geschlossen. Das Blaulicht ging an, und er fuhr davon.

Dann bemerkte ich, dass etwas Kleines neben mir stand. Meine Schwester Meg.

»Guck mal«, sagte sie und hielt ein winziges weißes Ding hoch. »Ich habe einen Zahn verloren.«